Je me bats dans la vie comme sur le ring

ANNE-SOPHIE

MATHIS

avec la collaboration de Valérie Rodrigue

Je me bats dans la vie comme sur le ring

TÉMOIGNAGE

J'AI LU

À Greg Tony, Valérie Hénin, René Cordie
et Myriam Chomaz.
À Christiane, ma mère. Et à Léna, ma fille.

Prologue

Le 2 décembre 2006, à Paris-Bercy, je suis devenue championne du monde de boxe anglaise.

Lumière bleu pétrole, musique, j'arrive en premier sur le ring, comme tout challenger. L'arbitre présente mon palmarès : « Anne-Sophie Mathis, trente ans, 1,78 mètre, 15 victoires dont 14 avant la limite, 1 défaite. » Ensuite, c'est au tour de la championne en titre d'enjamber les cordes : « Myriam Lamare, trente-deux ans, 1,68 mètre, 13 victoires à fond, dont 6 avant la limite. » L'hymne national retentit dans tout Bercy. Déjà plongée dans ma boxe, je remue les mâchoires pour bien les échauffer, comme ça, j'aurai moins mal en cas d'impact. Nous nous déchirons du regard, nous allons jouer nos vies, ni Myriam ni moi ne baissons les yeux, match nul, Tyson face à Holyfield, Nancy contre Marseille.

Boxer Myriam Lamare, ça me démangeait depuis un moment. Elle incarnait la boxe féminine, au même titre que Jeannie Longo représente le cyclisme féminin. On la voyait partout, Myriam la Marseillaise. Les photographes, clic-clac, les journalistes, micro en main, il n'y en avait que pour elle. Avant le jour J, la diva n'avait pas donné cher de ma peau, me démolissant partout. « Elle n'est pas née celle qui me battra », « La Nancéenne, je vais lui botter le cul », etc. Je l'avais en travers de la gorge. J'allais lui répondre sur le ring. Avec mes poings.

Le combat avait commencé à la pesée, la veille. L'une face à l'autre, on s'était défiées, toisées – plus grande, je la dominais d'une tête. J'ai pensé très fort : « Toi, je vais te déboîter. »

Je ne visais que ça, la victoire, droite, blême et sèche dans mon costume de compétition mauve. Je le voulais à mort, ce titre de championne du monde. Ça faisait quinze ans que j'y travaillais dans l'ombre. Dans mon coin, je m'échauffai, concentrée au maximum, entendant à peine les coups de sirène et les sifflements d'un public venu se régaler. Seize mille personnes, sans compter les millions de spectateurs grâce à la retransmission télévisée. Notre duo de filles n'étant pas le clou de la soirée, les gens doivent certainement s'attendre à un crêpage de chignon, pas à un combat grandiose. N'empêche… C'est mon grand soir. Je suis émue, sentimentale, dès que la télévision vient filmer des athlètes. L'arbitre a donné ses dernières consignes : « Pas de coups de tête, ni au-dessous de la ceinture, et que la meilleure gagne. »

Les photographes mitraillent tout autour du ring. Les caméras filment au téléobjectif. Je n'entends rien, sinon ce que me crie René Cordier, mon entraîneur.

Je suis un diesel, je le sais ; Myriam Lamare, une tornade. Il me faut attendre le troisième round pour la toucher. Je ne pense qu'à éviter le corps à corps. Les coups tombent de tous côtés. Elle a une frappe lourde, la mienne l'est aussi. Habituellement, nous nous entraînons comme des hommes et avec des hommes. Plus tard, on me dira que les commentateurs en perdaient les pédales, déclarant : « Les deux hommes ne veulent rien céder. » Tout Bercy se lève et hurle. Je veux gagner. Mon arme, forgée par des années de travail, c'est l'uppercut, ce coup en hélice de bas en haut. Je dois neutraliser cette adversaire. Il n'y a pas de place pour deux sur le ring bleu. Au septième round, devinant sa fatigue, j'accélère en criant et je martèle plus fort.

Sonnée debout, ses yeux partent en arrière, et l'arbitre arrête le match. Dégoupillée, hilare, je me lance dans un tour de ring, me désignant du gant : c'est moi, la nouvelle championne WBA [1], même si j'ai du mal à réaliser ce qui se passe. Enfin, elle n'est pas née, celle qui me barrera la route.

Avant ce match, personne ne me connaissait vraiment, même si j'étais déjà championne d'Europe. Mon nom sera désormais sur toutes les lèvres, ma photographie s'étalera dans les journaux. Tout commence, et je vais enfin ramasser la monnaie.

Un des gars de mon équipe me hisse sur ses épaules, tout Bercy m'applaudit, je pense à ma fille, ma petite Léna chérie, que j'élève seule, et à ma mère, qui m'aide énormément. Je pense à mon père, qui n'est plus là pour me voir. Plus tard, au dîner des champions, j'apprends que lui aussi a été boxeur et qu'il adorait ça. À mon tour de prendre un K-O debout. Mon père boxeur, ça, je l'ignorais jusqu'à ma victoire.

On me surnomme « AS ». J'ai aujourd'hui trente-deux ans. 1,78 mètre, 63,5 kilos en poids de combat, championne du monde de boxe anglaise dans les quatre fédérations principales WBA, WIBF, WBC et UBC, dans la catégorie super-léger. Championne incontestée. La seule femme à avoir unifié les ceintures, la seule championne du monde à avoir réussi cet exploit. Mais, faute de combats assez rapprochés, le titre WBC m'a été enlevé depuis peu. On me l'a repris, je ne l'ai pas perdu, la nuance est de taille. On ne m'a pas permis de combattre assez souvent.

Mon palmarès actuel : 20 combats dont 18 victoires par K-O. Jamais vaincue. Sur le ring, je suis une machine de guerre. Dans la vie, je fais de mon mieux.

---

1. Les termes de boxe sont expliqués dans le lexique en fin d'ouvrage.

Premier round : la boxe, ma chance

Autant de boxeurs et de boxeuses, autant de raisons de choisir ce sport. Pour certains, c'est la montée d'adrénaline, pour d'autres, l'envie de domination, l'esprit de compétition, un désir de réussite sociale assorti d'un rêve de célébrité. Moi, c'est le goût de la bagarre qui m'a d'abord poussée sur le ring. Par la suite une autre motivation est née : acquérir de la notoriété et gagner de l'argent.

Petite, j'étais un garçon manqué. Football, balle au camp, j'avais moins le sens de l'équipe que l'envie d'occuper le terrain. Christophe, mon frère, me tapait dessus, dès que ma mère avait le dos tourné. J'avais six ans et lui dix. Aîné jaloux, il me réglait mon compte à coups de pied et de poing. Ma mère a fini par nous inscrire à la cantine, où nous étions bien surveillés. Me faire cogner sans pouvoir me défendre, de surcroît par mon frère, ce héros, cela me faisait souvent pleurer.

Je voulais qu'il me voie et m'accepte dans ses jeux. Mais Christophe me renvoyait à ma condition de sœur encombrante. Je m'accrochais à mes distractions de garçon et au rêve de devenir sa coéquipière. Léna, ma fille, adore le rose, les dînettes et les poupées. Elle est différente de la fillette que j'étais, peau brune quand je suis blond blanc, petite fille modèle quand je ne rêvais que de vélo et de football.

Dans notre famille, la communication était quasi inexistante. Mon père, routier, était absent toute la semaine et, à son retour, le week-end, il se reposait. Ma mère, aide-soignante, assumait la double charge d'un boulot contraignant et des responsabilités domestiques. Mes parents se disputaient beaucoup sauf lorsqu'ils recevaient des amis, le dimanche, autour d'un déjeuner, chez nous, dans une belle villa avec jardin. C'était à Pulnoy, dans la région nancéenne.

Ni mon frère ni moi n'avons été élevés dans l'expression des sentiments ou des émotions. Mon père ne tenait pas pleinement son rôle de père, c'est-à-dire celui d'un adulte qui joue avec ses enfants, les emmène au parc ou leur fait faire leurs devoirs.

Sa façon d'être père, c'était de nous entraîner, mon frère et moi, dans ses centres d'intérêt. Il nous emmenait avec lui au bistrot, où il avait ses habitudes, ses copains, ses parties de tarot. Quand on allait avec lui à la fête foraine, il n'était pas question de manège mais de stand de tir... Il nous donnait souvent de l'argent, c'était sa façon d'aimer. Un routier a toujours des espèces plein les poches, pour les haltes. Il passait le plus clair de son temps sur le canapé, seul avec sa télévision et son émetteur radio branché sur la fréquence des routiers. Dans le monde des cibistes, mon père était « Loulou 54 ». Il tenait farouchement à cette forme de célébrité.

J'aime me souvenir de mon père, ça me tient chaud. Il aimait les animaux et rapportait volontiers à la maison des poules ou un chien, contre l'avis de ma mère. Les voisins se sont plaints, à cause des renards qui venaient manger les poules. Quant au chien, mon père a dû lui trouver une famille plus compréhensive. Têtu, il s'est rabattu sur des oiseaux, un couple de mandarins. Plaidant ardemment en faveur de la liberté, il refusait de les mettre en cage, alors ceux-ci voletaient dans la maison, parsemant de fientes de-ci de-là... La tête de ma mère ! Il passait des heures à parler à ses oiseaux et réussit à apprivoiser ces pinsons exotiques.

Il faut se lever de bonne heure pour mettre au pas des mandarins. Qu'est-ce que j'admirais mon père…

Faut-il préciser qu'il n'avait pas autant de patience avec les humains ? Les coups partaient vite, si quelqu'un venait à lui tourner autour. Il n'a jamais levé la main sur nous, mais j'ai entendu parler de bagarres à l'extérieur. Si mon frère a eu la main leste, mon père avait donné l'exemple. Ma mère avait, dans un autre registre, une devise tout aussi radicale : « C'est comme ça et pas autrement. » Aucune négociation n'était possible.

Le décor était campé. La boxe – ou l'art de combattre – n'est pas arrivée par hasard dans ma vie.

J'ai commencé à sortir les poings en colonie de vacances. Organisée par la mairie de Tomblaine, la colo « Sole Mio » était supposée offrir trois semaines d'activités et de distractions bon enfant. Je partageais ma chambre avec deux cousines. Plus que des chipies, deux terreurs. Elles commandaient, baffes à l'appui, réquisitionnant d'autorité tel ou tel objet. Comprenant que la loi du plus fort serait la seule règle valable pendant ce séjour, je me suis mise à frapper à mon tour. Et miracle, j'ai eu la paix. Une certitude s'est imposée à moi : chacun sauve sa peau. Dans la vie ou sur le ring, il n'y a pas de place pour deux. Surtout sur le ring. Contrairement à Marcel Cerdan, la star des années 1950 qui n'avait qu'une crainte, celle d'amocher son adversaire, moi, je n'ai qu'une terreur : perdre. Je veux mettre l'autre à terre, par K-O. Si l'autre s'affaiblit, je n'ai qu'une envie : l'achever.

Enfin, avec l'expérience, après plusieurs années de rencontres sportives, j'ai aussi envie de construire un combat et de donner à voir un beau spectacle. Je veux quitter l'arène avec mes ceintures de gladiateur des temps modernes.

Après cette colo, mon frère et moi avons basculé dans une certaine marginalité. École buissonnière, mise à pied, résultats minables, etc. Aucune sanction ne me faisait peur. Ni la tête du directeur ni la menace de voir mon avenir foutu. À douze ans, l'avenir reste une question floue. Très influençable, je suivais mes copains, des garçons de l'âge de mon frère, comme par hasard, qui eux m'acceptaient dans leur cercle. Je me suis mise à fumer, à traîner au centre commercial pendant les heures de classe.

Ce que pouvaient dire les adultes me passait au-dessus. S'en sont suivis des vols à l'étalage, des bagarres, des courses en scooter en grillant les feux rouges, des dégradations de biens, bris de vitres d'un bulldozer, etc. Des actes gratuits, pour se mesurer aux copains, dans le style « chiche ou pas chiche ? ». J'avais besoin d'exister et d'être vue. Mais il y a eu une convocation de trop au commissariat. Un cambriolage dans lequel j'étais impliquée, puisque présente au moment des faits, même si je n'y avais pas participé. Ma mère, lessivée, s'est mise à pleurer devant les flics et là, j'ai eu salement honte de moi. J'étais allée trop loin, la farce tournait au cauchemar. Point rouge dans mon casier judiciaire de mineure. Pendant ce temps, mon père faisait l'autruche, pour avoir la paix.

On dit que la boxe attire les enfants des cités et remet les délinquants dans le droit chemin. C'est à moitié vrai. Il y a des boxeurs qui sortent de prison, un grand nombre vit dans les cités sensibles, mais il y a aussi des diplômés de troisième cycle : Mahyar Monshipour ou Myriam Chomaz en sont de parfaites illustrations. Sans parler de la clientèle superchic inscrite en boxe loisir dans des salles de quartiers populaires devenus bobos. C'est dire qu'il ne faut pas rester sur une première impression.

En tout cas, mon comportement n'avait rien d'une rébellion contre un milieu défavorisé, puisque nous n'avions pas de soucis matériels. Belle demeure, vacances, téléviseur dans chaque chambre, baby-foot, etc. Mon problème à moi se résumait à ces termes : « enfant roi ». J'étais gâtée, gavée de cadeaux avant même d'avoir eu le temps d'en exprimer le désir. Plus nourrie de cadeaux que de mots. D'une part, on me parlait peu, de l'autre, on me servait mon goûter sur un plateau devant la télévision et on m'offrait tout ce qui était d'ordre matériel. J'ai eu le premier VTT lancé sur le marché, celui du clip « Je suis de bonne, bonne, bonne, bonne humeur ce matin, y a des matins comm'ça ». Pareil pour les jeans ou les baskets. Il me fallait sans cesse des marques et du neuf pour briller dans la bande. Et ma mère disait toujours oui. Rien n'était trop beau pour sa fille. Ma petite délinquance résultait de cette absence de limites et les larmes de ma mère m'ont ramenée à la raison. Je m'engageai à arrêter les provocations, sinon à rapporter de bons carnets scolaires, vu que l'école ne m'intéressait pas du tout. Ma bonne résolution a été suivie d'effets. Je n'ai plus rencontré de problème avec la justice ni avec l'autorité en général. J'ai même obtenu ensuite d'excellentes notes en instruction civique. Mes copains de l'époque, eux, n'ont pas fait preuve d'une telle prise de conscience. Ils ont sombré dans la vraie délinquance. L'un est mort assassiné, l'autre vivote d'aides sociales et un autre encore multiplie les cures de désintoxication. Voilà à quoi j'ai échappé : à une vie au rabais. Grâce à la boxe. Mais si mon salut n'était pas passé par la boxe, j'aurais de toute façon réussi dans une autre discipline sportive. D'une manière ou d'une autre, je serais devenue championne du monde. Je le sais parce que j'avais ce désir dans le sang.

Seul le sport m'inspirait du sérieux et de l'assiduité. Et encore, le sport pratiqué en dehors de l'école. À l'âge de dix ans, j'avais déjà pratiqué le tennis, le handball, le basket, le volley et la natation.

Mon choix s'était définitivement porté sur l'athlétisme. Je m'entraînais chaque semaine dans un club omnisports, l'ASPTT de Nancy. Sans jamais sécher une séance.

À treize ans, je suis devenue championne de France de saut en longueur. C'était une épreuve organisée par le XVIe arrondissement de la ville de Paris au stade Charléty. J'y suis allée en voiture avec une athlète majeure, car l'entraîneur ne pouvait pas se déplacer. J'étais très motivée. Dès le premier saut, la championne en titre a tout mordu, c'est-à-dire qu'elle a dépassé le marquage. Elle a été éliminée après le troisième saut.

Me produisant après elle, j'y voyais un avantage : rien n'était encore joué pour moi.

Encouragée par les applaudissements, car j'avais pris un sacré bel élan, j'ai pulvérisé mon propre score et remporté la première place du concours. J'avais sauté 5,47 mètres. C'était le plein été.

Juillet 1992.

Je devenais la nouvelle championne de France.

Dans le sport, il y a une part d'inné et une part d'acquis. Il ne faut négliger ni l'un ni l'autre, et surtout, ne jamais compter que sur l'inné. J'avais travaillé dur.

J'allais faire la une des pages Sport de la presse quotidienne. Hissée sur le podium, j'ai reçu avec la médaille d'or, des fleurs, des baskets et un survêtement, que j'ai toujours d'ailleurs. Le pantalon, mes amis l'appellent le « pyjama », tant il est vieux, mais il ne se déforme pas et semble avoir grandi avec moi, même si aujourd'hui, du haut de mon 1,78 mètre, j'ai l'air d'aller aux fraises... Sans être superstitieuse, j'admets qu'il me suit dans quasiment tous mes entraînements, comme un fétiche. Je n'ai jamais été superstitieuse ; je ne crois qu'en mon travail. Dans mon coin sur un ring de compétition, je ne prie pas, je ne regarde pas la photographie de ma fille, je ne pense qu'à gagner, donc à éliminer l'adversaire.

À mon retour, ma mère m'attendait sur le perron, émue. Elle avait vu ma photographie dans L'Est républicain. Mon père, lui, était sur les routes, comme d'habitude. En apprenant la nouvelle, il n'a pas caché sa fierté. Il n'a rien dit, mal à l'aise avec les mots, comme toujours, mais il a tenu à nous accompagner à la remise des coupes, qui a eu lieu trois mois plus tard, à quelques kilomètres de Nancy, avec les champions de la ville, toutes catégories confondues. Pour l'occasion, il a sorti son plus beau costume. Il n'en avait qu'un, à dire vrai. Mon père était brun, il avait une belle carrure. Le soin qu'il a mis à préparer sa tenue, à se raser, à se parfumer, m'a bouleversée. Il a passé de la brillantine sur ses cheveux. Habituellement, il ne faisait pas attention à son apparence. Il disait s'en ficher complètement. Sauf ce jour-là. Il tenait à avoir la tenue de circonstance. Et pour la première fois, je vis briller de la fierté dans ses yeux.

Début décembre 1992, notre vie a basculé sur un coup de sonnette. C'était le patron de l'entreprise de transports qui employait mon père. Louis Mathis était mort au volant de son bahut. J'ai voulu le revoir, mais je n'ai pas pu m'approcher de lui à la morgue. Impossible. De la chaux coulait dans mes veines. J'aurais voulu dire un mot, mais aucun son n'a pu sortir. Je ne sais pas ce que j'aurais voulu, sinon qu'il se lève et me prenne par la main pour rentrer chez nous.

Dépassée par son chagrin et par les aspects matériels, ma mère a mal rempli les papiers. Résultat : le décès n'a pas été reconnu comme accident du travail, privant ainsi ma mère des aides dont elle aurait dû bénéficier. Il a fallu rapidement vendre la maison, louer un appartement modeste sur une autre commune. Elle a dû rembourser les crédits portant sur la voiture et le logement. Christophe et moi étions plus que jamais livrés à nous-mêmes. Il y a dix-huit ans de cela, le 7 décembre 1992, mon père mourait. Je n'ai rien oublié du choc que j'ai pris en pleine poire. Ni du constat qui s'est imposé : mon père est mort d'une crise cardiaque à cause du tabac et parce qu'il n'a pas, dès les premiers signes inquiétants, voulu consulter un médecin. Il faisait sa tête de lard, comme on dit chez nous. Et il a laissé femme et enfants.

L'année qui a suivi sa disparition, il ne s'est rien passé pour moi. Les saisons se sont succédé, aussi mornes et racornies les unes que les autres. Peu à peu, j'ai tout laissé tomber, jusqu'à l'athlétisme. Impossible de fixer mon attention sur quoi que ce soit. La forte tête que j'étais était devenue une ombre. Au mois de juin, je fêtais mes quatorze ans avec indifférence.

Je fréquentais les discothèques avant le décès de mon père et très peu de temps après, même si cela n'était pas du meilleur goût – s'en aller danser après l'enterrement de son père... Mais j'avais besoin de bruit, de foule, de lumière, d'être sonnée, éblouie, comme un animal dans la nuit par les phares d'une voiture. La musique à fond, la dance, la house, ces musiques sans paroles, la foule hilare et la lumière forte des projecteurs m'apaisaient toujours.

Mon petit ami de l'époque, Greg, voulait devenir videur de boîte de nuit, comme son père. À tout juste treize ans, il donnait un coup de main à l'entrée d'une discothèque le week-end. Solidement bâti, il faisait plus que son âge. Également grande de taille, j'entrais aussi sans problème dans ce lieu réservé aux personnes majeures. Greg m'aimait sans me demander quoi que ce soit en retour. Une façon de me prendre sous son aile, même si nous étions deux gamins. J'avais besoin d'une relation calme, ma tête était sens dessus dessous. J'allais chez lui retrouver une ambiance familiale, discutant de tout et de rien avec sa mère, partageant leurs repas, leurs soirées télé. Je l'accompagnais partout. Y compris à ses entraînements sportifs.

Passionné de boxe thaïlandaise, la plus martiale, la plus ancienne et la plus ludique des boxes, Greg s'entraînait trois fois par semaine au club de Vandœuvre-lès-Nancy. À l'époque, celui-ci proposait la pratique de toutes les boxes pour lesquelles on se sert des pieds et des poings, comme la muay thaï, le kickboxing, la savate. Déjà d'un niveau confirmé, Greg partait souvent combattre à l'étranger. Envie de prouver, d'être vu, de faire partie du monde des hommes, la vie d'un boxeur est certainement tracée depuis l'enfance.

Assise sur un banc, je le regardais s'échiner sous les ordres de l'entraîneur : « Monte ta garde ! Frappe plus fort ! Allonge ! » Je n'aimais pas les ordres d'une manière générale.

Une salle de boxe n'est pas un lieu de sport comme un autre. Il y a rarement de la musique ou de la couleur pastel pour inciter à l'effort. Les clubs municipaux ne sont pas riches. Les tapis de sol sont parfois rafistolés avec du gros scotch. Les sacs de frappe suspendus en ligne, le ring, les aires de stockage des gants, tout cela fait penser à l'équipement d'un navire-cargo, dans ce qu'il a de plus simple, les caisses, les citernes, la coque en acier. On y trouve aussi la solitude de chacun renvoyé à lui-même, à cause des miroirs et de l'effort immense à fournir sans relâche. Boxer, c'est d'abord boxer contre soi, voir ce que l'on a dans le ventre, de quelle pâte on est fait. La boxe est l'art de se relever quand on tombe et « d'encaisser les coups sans en recevoir ». Comme la mer, la boxe apprend le courage. Curieusement, une salle de boxe a aussi un effet apaisant, comme un soin.

Plutôt que de passer une heure et demie à attendre, Ali Benghafour, l'entraîneur, m'a proposé un soir de mettre les gants. « Essaie, ça te changera les idées. » Ma mélancolie crevait les yeux. J'ai haussé les épaules, peu tentée. Regarder, oui, me fondre dans un groupe, faire l'effort de sourire ou de parler, non. Il a insisté et, quelques jours plus tard, je me décidai. Pas mal de filles s'inscrivaient en boxe loisir, c'est-à-dire sans objectif de compétition. Au vestiaire, j'ai laissé mes chaussures de ville et enfilé une paire de gants de boxe 8 oz, « oz » étant l'abréviation de « ounce », qui est l'unité de mesure de poids anglo-saxonne. Une femme pesant jusqu'à 60 kilos portera en compétition du 8 oz, et au-delà de ce poids, du 10 oz. En boxe loisir, on fait ce qu'on veut.

Une fois le gant gauche fixé à l'aide de son scratch, comment fixer le droit ? Pas avec les dents, pauvres dents, mais avec l'extrémité courbée du premier gant enfilé.

Ali ne m'a pas forcée à rejoindre le cours collectif et m'a postée devant un sac de frappe, ces sacs immenses que seul George Foreman, l'un des grands champions du monde de boxe, arrivait à déformer en quelques coups. Il m'a montré comment donner un direct (coup de poing dans l'axe direct), la force venant de l'épaule et pas du poing, comme on pourrait le penser. Un direct du bras gauche, un autre du bras droit, ainsi de suite. Ce qui m'a tout de suite parlé, ce fut la frappe : taper dans le sac lourd et massif. Mon côté bagarreur. Tout ce que je ne pouvais pas exprimer par des mots prit corps dans ce combat avec le sac, ce partenaire infatigable. Ma colère, ma détresse, ma difficulté à admettre l'absence de mon père.

Durant deux ou trois mois, trois fois par semaine, travaillant l'art du direct, puis du crochet (coup de poing circulaire), du swing (large crochet) et du kick (coup de pied), sortant lessivée de la salle de boxe, j'ai commencé à admettre la réalité, la nouvelle vie sans mon père. Accepter, c'était le plus dur. Accepter, c'était l'enterrer une deuxième fois, mais aussi me donner une chance de remettre ma vie sur ses rails.

Cette salle de boxe a été l'endroit où cette maturation a été possible, sinon, qui sait, la tristesse m'aurait sûrement terrassée.

1993-2010. Greg et moi sommes toujours en contact. Il est devenu Greg Tony, plusieurs fois champion du monde en kick-boxing et en boxe thaï, et maintenant champion de France des lourds, en boxe anglaise. Lui aussi fait partie du team Cordier. Il m'accompagne lorsque je dispute un championnat, et vice versa. Dans le coin du ring, je porte, comme fétiche, son tee-shirt « Gwadaman » (Gwada, pour Guadeloupe) et après le combat, je lui passe la ceinture de champion qu'il vient de recevoir ou de garder. Parce que c'est lui, mon premier amour, qui m'a donné les clefs d'un empire.

Devant ma détermination, l'entraîneur, intrigué, m'a observée de près. Il avait voulu que j'occupe mon temps agréablement durant les séances de travail de Greg et là, l'élève dépassait ses espérances. J'y mettais une telle rage. La boxe thaï, sollicitant autant les bras que les jambes, les coudes ou les genoux, me défoulait à fond. J'avais des aptitudes, une vraie force acquise avec l'athlétisme et une précision du geste que quelques semaines d'entraînement ont mises en évidence. S'occupant déjà de plusieurs boxeurs, Ali m'a conseillé de rejoindre un autre club, après en avoir discuté avec Greg. « Tu devrais aller au Punch, à

Nancy, m'ont-ils proposé, il y a une championne, Valérie Hénin, vraiment apte à te prendre en main. Tu es faite pour la boxe. » Greg connaissait cette championne. Il a joué les intermédiaires, ce changement était strictement dans mon intérêt. J'ai accepté, j'ai su saisir ma chance.

À Vandœuvre, on m'a regardée avec attention et bienveillance, ce qui, dans ma vie, m'était rarement arrivé. Mais ce serait au Punch que la passion de la boxe me viendrait et que je trouverais réellement ma vocation. Je me ferais cette promesse : j'avais raté le rendez-vous avec l'athlétisme, en laissant tout tomber pendant un an, je ne commettrais pas la même erreur avec la boxe. Je m'accrocherais, quoi qu'il arrive, pour le pire comme pour le meilleur. Je me savais capable d'avoir de la suite dans les idées. Gagner deviendra mon idée fixe et il faut en avoir pour avancer dans la vie.

Deuxième round : sport violent, école de la vie

L'endroit m'a plu. Club de boxe rattaché à une école privée, le Punch avait plus des allures de complexe sportif urbain que de salle de sport municipale. La clarté des lieux, la modernité des équipements et l'agencement des différentes salles ont su me charmer. Sans parler de ma rencontre avec Valérie Hénin, qui s'avérera capitale dans ma carrière, même si nous aurons par la suite des relations houleuses. Elle sera mon mentor, puis mon ennemie, avant de devenir une vraie sœur.

Cette jolie brune était déjà championne du monde de kick-boxing, de full-contact. En 1996, elle serait également sacrée reine de boxe anglaise. Cette femme entraîneur m'intimidait. Son palmarès impressionnant faisait d'elle quelqu'un de très médiatisé. Mon idole ne serait pas issue de la chanson, mais du sport.

Je confondais toujours bagarre de rue et boxe. Il ne fallait pas me chercher des ennuis, sous peine de se prendre une bonne volée. Dans la vie, je ne reculais devant personne, ni devant aucune peignée. Pour un oui, pour un non, je frappais à l'aveugle et mes coups de tête étaient légendaires. Je ne provoquais pas, mais il ne fallait pas me chercher. Calme, vue de l'extérieur, je pouvais me transformer en bélier en un coup de nerfs. Il n'y avait pas de discussion possible, sinon celle de la castagne. Les embrouilles, il fallait que ça se règle vite.

Qui croit encore que la violence est l'affaire des hommes ? Ce visage dur et fermé que j'ai lorsque je monte sur un ring est celui que j'avais autrefois dans mes bagarres de rue. Jeune fille, je tabassais. Par chance, je n'ai jamais tué.

En quinze ans de boxe, si j'ai envoyé au tapis, le plus souvent par K-O, je n'ai jamais expédié personne à l'hôpital. La boxe n'est pas un défilé de majorettes. Mais grâce à une réglementation rigoureuse et aux protections imposées, j'ai lu que ce sport déplore depuis une vingtaine d'années moins d'accidents mortels que le rugby, le football ou le ski. Et pourtant, lorsqu'un journal consacre deux pages à la boxe, bien souvent, c'est pour mettre en avant les accidents mortels sur le ring ou les règlements de comptes qui mettent en cause un boxeur ou qui l'ont envoyé au cimetière. Libération, août 2009 : « Série noire sur le ring. » Bravo, les gars ! Consacrez donc deux pages à de beaux combats et à de belles carrières, car les boxeurs ne finissent pas tous mal. Pour la plupart, ils ont réussi leur vie grâce à ce sport.

Un combat compte aujourd'hui au maximum douze reprises, chacune durant trois minutes. Pour les filles, ce sont dix rounds de deux minutes. L'arbitre stoppe le match si l'un des pugilistes est en difficulté pour continuer ou s'il a été compté à terre une ou plusieurs fois. Il est d'autant plus scrupuleux qu'un coup porté à la tête peut avoir des conséquences graves. Autrefois, la réunion durait au moins vingt rounds. On laissait les boxeurs jouer avec leur vie. Le public réclamait sa ration de sang. Il la réclame toujours. Il n'est pas rare d'entendre depuis les gradins : « Du sang ! » La violence fait partie du spectacle. L'adrénaline est l'oxygène du boxeur. Il y a un côté roulette russe qui stimule les pugilistes comme le public. Il ne vient pas voir des chats de salon se disputer une pelote de laine, il vient voir de la lutte romaine. Et ce sont bien la violence de la boxe et la beauté de notre combat qui ont fait se lever les spectateurs à Bercy, le 2 décembre 2006. Myriam et moi avons quitté l'arène en pleine possession de nos moyens physiques et mentaux, que je sache.

Depuis septembre 2009, les conditions pour boxer à l'étranger ou pour qu'un étranger vienne boxer sur le territoire français se sont durcies. Le but est de limiter les combats déséquilibrés. Une des nouvelles conditions concerne les palmarès trop négatifs, qui se verront interdits de réunion en France. En effet, certains boxeurs sont prêts à boxer pour une modeste bourse, quitte à se faire démolir, car ce peu d'argent représente énormément dans leur pays.

Au départ, ce que je prenais pour un atelier de défoulement m'a vite rappelée à l'ordre. Je l'ai appris à mes dépens lors de mes premiers affrontements en entraînement. Rosser un adversaire revient à donner des crochets ou des directs dans le vide, car l'autre connaît les secrets de l'esquive. Et rien ne fait plus mal qu'un coup porté dans les airs, entraînant fatigue et déchirure musculaire. Je ne savais pas monter ma garde ni avancer en me protégeant. Conclusion : je me faisais démonter. Mais pas question de détaler. Je prenais une bûche, je me relevais aussitôt, sans jamais reculer, et j'avançais à nouveau sur l'adversaire. Tête brûlée, et pas lâche.

Il me fallait apprendre le langage de la boxe, son solfège et sa danse. Ce monde a son code d'honneur, ses silences, ses valeurs et ses règles. Contrairement à la loi des bandes, on y apprend le respect de soi, de l'autre et de la vie. Un combat de boxe est toujours structuré et réfléchi. La technique et l'esthétique sont aussi importantes que la force physique. J'ai été heureuse de découvrir tout cela. J'aspirais tellement à apprendre, n'étant ni paresseuse ni imbécile. Mais pour des raisons que je ne m'explique pas, le cadre scolaire classique ne me convenait pas. J'ai préféré insister là où c'était concrètement réalisable. Quant à ma fille, je la laisserai aller vers ses choix, et je l'accompagnerai de mon mieux. Et si son choix, c'est la boxe, je m'inclinerai.

Je n'ai pas dit tout de suite à ma mère que je me lançais dans cette activité. Grâce à Greg, au Punch comme à Vandœuvre, je n'avais pas à payer de cotisation, le secret était bien gardé.

Cela l'enchanterait modérément, la boxe... Elle rêvait d'autre chose. De quoi ? Elle ne me l'a jamais dit.

Pauvre maman. T'en souviens-tu ? Enfant, je voulais devenir aide-soignante, comme toi, ma maman, mon modèle. Je me faisais des bandages pour soigner des bobos imaginaires. Ni toi ni moi ne pouvions deviner qu'une fois adulte, j'en passerais du temps à me bander les mains puis à ôter les deux mètres de bande bleue ou noire, cet accessoire indispensable pour protéger les petits os métacarpiens. La main du boxeur doit souvent se faire réparer. J'ai de jolies mains et j'en prends bien soin.

Vous connaissez l'histoire de Cartouche ? Des années durant, ce comédien raconta à son père qu'il allait au foot alors qu'en réalité, il suivait des cours de danse classique pour devenir danseur étoile. Il cachait ses chaussons de danse à l'extérieur de l'appartement familial. Moi, je n'ai pas eu besoin de cacher les gants, puisqu'ils appartenaient au club. Mais pour participer à des compétitions, ce qui était l'un des objectifs de Valérie Hénin, il fallait l'autorisation de ma mère.

Après la troisième, je choisis de m'inscrire en CAP-BEP secrétariat-vente action marchande, car le club appartenait à une école privée qui offrait la possibilité de suivre une filière sport-études. Je n'aurais alors qu'un étage à descendre pour enfiler les gants, chaque jour. Le paradis. Dans ce contexte, j'acceptais d'avance les contraintes d'une vie scolaire, horaires, leçons, devoirs. Je ne décevrai plus jamais quiconque, à commencer par moi-même.

Je m'attendais à sa réaction : « La boxe, ma fille ? Ce sport de garçons ! » En ombre chinoise, elle devait voir surgir, derrière les gants, une bande de bagnards ou de caïds bardés de crans d'arrêt. Cette image pèse toujours lourdement. C'est un métier de mecs assorti d'une sale réputation. D'abord, ma mère ne voulait pas que le visage de sa fille soit abîmé. Il est vrai que l'on n'échappe pas à l'œil au beurre noir ni au saignement de nez. Ce sont les risques du métier. Mais c'était celui que je m'étais choisi, alors j'en acceptais avec joie le pire comme le meilleur. Face à ma détermination, ma mère a capitulé. Elle avait surtout envie que je me raccroche à quelque chose. Les frais de scolarité n'étaient pas excessifs. Par la suite, au vu de mes bons résultats scolaires et sportifs, le père de Valérie Hénin, directeur du lycée, coprésident du complexe et ancien professeur de gymnastique, nous a même obtenu la gratuité.

Au fil du temps, ma mère a constaté que contrairement à sa crainte initiale, je ne devenais pas plus impulsive en pratiquant la boxe, au contraire, ce sport me cadrait. De toute évidence, cela me défoulait et m'aidait à avoir les pieds sur terre.

L'a-t-elle jamais acceptée, cette boxe ? Elle n'a jamais cessé de répéter : « T'en as pas marre de te faire taper dessus ? », tout en étant fière de mes coupes et ceintures de championne. C'était un peu nier les bénéfices que j'en tirais, y compris sur le plan psychologique : pondération, sens des valeurs, capacité d'analyse. Mon père, lui, aurait été fier de moi, je le sais. Une fierté spontanée et inconditionnelle. En silence, il aurait conservé précieusement les articles de presse, il aurait enregistré les combats télévisés et revêtu rituellement son bel habit pour m'accompagner aux remises de prix. Il l'aurait su intuitivement, mon père : boxer n'est pas cogner.

J'en suis la démonstration vivante. C'est un art, ce n'est pas pour rien si, depuis des lustres, il a été baptisé le « noble art ». Je le répéterai aussi souvent que nécessaire. Je suis prête à sortir les poings et les pieds pour combattre ce cliché, un de ceux qui ont la peau dure. Mais pour convaincre les gens, aujourd'hui, je préfère expliquer et argumenter. La boxe, ce n'est pas du catch, cette activité dangereuse et mal encadrée, qui devient le nouveau jeu dans les cours d'école.

Du haut de mes quinze-seize ans, j'ai pris Valérie Hénin pour modèle, et j'affichais fièrement son poster dans ma chambre. J'avais besoin de m'identifier à une femme battante, dans tous les sens du terme. Valérie incarnait la féminité et l'invincibilité. Elle n'avait pas besoin de répéter une consigne trois fois. Hommes et femmes la respectaient, même si les hommes aimaient bien la tester. Femme d'action, elle exerçait un métier d'homme. En plus, elle décrochait des trophées. Dans sa vie privée, elle était épouse et mère. Une femme pouvait donc tout mener de front ! J'allais rester cinq ans chez elle, au Punch, cette pépinière d'où sont sortis de très bons athlètes.

J'étais bien, respirant pleinement, retrouvant une forme de légèreté propre à l'adolescence. Très bien au Punch, dans cet espace clos, cette matrice à l'écart de la violence du monde, avec le décès d'un père et la solitude d'une mère. Il n'y avait pas de son plus doux à mes oreilles que le grincement des chaînes, lorsque le câble faisait descendre les sacs de frappe du plafond. Ni de parfum plus rassurant que celui du vestiaire des filles, mélange de sueur et d'eau de toilette. Ici, j'allais permettre à ma vie de changer d'aiguillage, je me donnerais les moyens de mes ambitions : devenir une boxeuse professionnelle. J'avais toujours en bouche le goût de l'inachevé en athlétisme et je conservais la farouche envie d'échapper à un second échec.

À 18 heures, Valérie donnait un cours de kick-boxing, ce mélange de karaté, de full-contact et de muay thaï. À 20 heures, O., son mari, formait les débutants au muay thaï. Champion du monde en boxe thaïlandaise, il avait été surnommé le « Gladiateur ». Boxeur surdoué, entraîneur efficace. Comme beaucoup de champions, il nous houspillait : « Ma mère frappe plus fort que toi ! » ou « Hé, sur le ring, vous attendez le taxi ? » L'électrochoc, ça marche bien : les gens se surpassent au lieu de ronronner.

J'enchaînais les cours, descendant de mon plein gré au Punch chaque soir après la classe. Ma préférence allant toujours à ceux de Valérie, qui savait encourager ou secouer selon le moment. Je parle de matrice pour désigner le Punch, cependant Valérie n'avait pas une attitude maternante mais amicale. Ce qui m'a plu dans le sport hier, me plaît aujourd'hui et me plaira probablement demain, c'est que l'on s'occupe de moi. C'est ainsi que je progresse.

Échauffement avec sauts à la corde, cri strident de l'air qui claque, puis jogging en rond, essoufflement, joues rouges. Ensuite, travail au sac ou jeu de rôle avec le partenaire : l'un envoie un coup, l'autre bloque, l'un neutralise l'adversaire, l'autre se déplace, etc. Avant-dernière séquence, c'est le temps du combat libre, avec mise en pratique de ce que l'on a appris. Des séries d'abdominaux et des étirements, pour terminer.

Les exercices sont toujours rythmés par la pendule de boxe qui sonne la clôture d'un round. Trois minutes de travail. Coup de gong. Avec l'expérience, c'est comme si j'avais avalé la pendule. Je connais par cœur le temps d'un round. Travail. Gong. Repos. Reprise. Ça sonne dans ma tête en automatisme. Le temps réel est au clou ; à la place, nous avons le tempo des rounds, rond et rassurant.

À la boxe, l'autre est un adversaire, mais esprit sportif oblige, on se salue avant la rencontre, main gantée sur le cœur, puis « poignée de gants ». Le respect de l'autre et de soi est une valeur fondamentale. Le partage, aussi, car sans adversaire, point de combat. Celui-ci est également un partenaire. La boxe est l'école de la politesse. Pas question d'écart de langage ou de gestuelle qui dérape, au club. On se prépare pour l'« assaut », pas pour la « castagne ». On respecte la hiérarchie, du patron du club aux entraîneurs, aux anciens, en passant par les boxeurs confirmés. J'étais prête à nouveau pour l'échange, les paroles, les regards et les sourires. Je me sentais mieux. Le contact physique, le corps à corps, s'il n'avait aucune connotation sexuelle ou affective, restait tout de même un corps à corps, quelque chose de très heureux, de très vivant. Je me suis sentie en famille dans ce club comme nulle part ailleurs. Valérie n'était pas ma mère, O. n'était pas mon père, mes partenaires n'étaient ni mes sœurs ni mes frères, et pourtant nous formions tous une grande famille, car les coups qui pouvaient pleuvoir sur nous n'étaient ni des coups du sort ni des coups de poignard dans le dos.

Premier ring officiel. Première exposition publique depuis l'athlétisme. Mon premier combat de boxe thaï a eu lieu au Punch. Combat en quatre rounds avec une adversaire de mon niveau, comme moi forte d'une ou de deux années de pratique. Ce n'est pas la fille qui m'a marquée, mais le combat lui-même. Les arts martiaux sont les seuls sports à vous mettre face à un adversaire, et de tous, la boxe est le plus éprouvant, puisqu'elle vous oppose à une force au moins égale à la vôtre et autorise les coups au visage. Face à une boxeuse, il faut savoir accélérer pour éviter qu'elle n'ait l'ascendant.

Je découvrais dès le premier round que je ne savais pas gérer mon souffle. J'ai tout donné tout de suite, et heureusement que j'ai neutralisé l'autre pugiliste par K-O car je n'aurais pas pu aller au-delà. Elle m'aurait démolie, c'est sûr. J'étais rouge, bleue et violette d'essoufflement. J'en ai tiré les enseignements nécessaires. Tout est dans le souffle. Il faut savoir quand et comment accélérer ou s'économiser.

Cette première victoire m'a valu d'autres propositions, hors de l'enceinte du club.

En acceptant des combats, je voyais loin, je visais la première place, le haut de l'affiche. Chaque combat apportait une pierre à l'édifice. Mais j'y arriverais, armée de patience et de volonté, je ne pouvais qu'atteindre le sommet de ma pyramide, n'est-ce pas ?

Dans la fraîcheur de mes seize ans, dans la ouate d'un club qui accueillait bien les filles, je croyais que les choses seraient simples. Et heureusement, jeune, on possède cette effronterie, cette foi dingue qui fait surmonter tous les obstacles.

Pour la première fois de ma vie, j'avais de bons résultats scolaires ainsi qu'une note de bonne conduite. J'aimais cette école, même si les techniques de vente du CAP-BEP ne me donnaient pas envie de me lancer dans le commerce. En alternance dans une boutique de layette, je rangeais et comptais la marchandise pendant des heures. Cela me donnait envie de bâiller à m'en décrocher la mâchoire et même la tête tout entière. Mais ces études étaient le prix à payer pour boxer en toute liberté, alors je pliais les pulls et je référençais les grenouillères par taille et par couleur sans jamais me plaindre. Je devenais une ado raisonnable. Ma mère ne me reconnaissait pas.

Dans une boîte en carton, j'avais rangé au fil des ans toutes mes médailles et autres gratifications. J'ai tout remonté de la cave. Je veux revoir, me souvenir. Dans l'urgence du quotidien, ce rouleau compresseur, ma mémoire a effacé des dates et certaines réunions sportives. Heureusement, ce carton, lui, n'a rien perdu ni oublié. On dirait une malle au trésor, avec ses dizaines de breloques, ses articles de presse jaunis et ses coupes dorées. Autant de bornes qui jalonnent ma vie et attestent qu'il ne s'est pas rien passé. Vingt ans après, je suis heureuse de remettre le nez dedans.

1989, coupe du cross du collège. 1990, coupe de la Septième Foulée Pulnéenne, un marathon auquel j'étais arrivée première. 1991, ma fameuse coupe de championne de France des minimes en saut en longueur. Je n'en reviens pas. Même des gratifications au volley ! Ainsi, je recevais ma première médaille à l'âge de douze ans. Pas mal, n'est-ce pas ? J'étais vraiment faite pour ça. Comme quoi, il ne faut jamais contrarier sa nature.

Mes vraies rencontres en boxe ont commencé en 1995. J'avais presque dix-neuf ans. Je venais d'obtenir mon CAP-BEP et je faisais des ménages dans une entreprise pour aider ma mère financièrement. Plus que jamais assidue au Punch, j'étais la boxeuse préférée de Valérie Hénin, laquelle, voyant en moi une future championne, ne ménageait pas ses efforts pour me faire évoluer. C'était Noël tous les jours. L'attitude d'O., son mari, à mon égard, me semblait sans danger. Homme à femmes, il ne pouvait s'empêcher de faire du gringue aux filles du club. Il profitait de son statut de bras droit de la chef pour intimider et tenter d'arriver à ses fins. Je n'y prêtais pas attention, chassant ses avances d'un revers de main. Greg et moi venions de rompre, ainsi s'éteignait mon premier amour. Aucun gars ne m'intéressait, encore moins un homme marié. Il n'était même pas mon champion de référence.

J'aimais bien Mike Tyson et Muhammad Ali. O. n'avait ni le style de l'un ni la dimension spirituelle de l'autre.

Tout à ma joie de faire vraiment mes preuves sur un ring, je m'apprêtais le 10 juin 1995 à combattre en boxe thaï, dans le cadre de la « Nuit des défis » à Mulhouse.

J'ai gagné par K-O, c'est-à-dire avant la fin des six rounds. Même chose en Hongrie, le 28 novembre 1995, contre Erika Szegedi. L'article de presse se souvient pour moi d'un splendide crochet gauche au menton.

Anne-Sophie Mathis a mis la pression d'entrée, elle a bousculé l'adversaire après à peine une minute trente de combat, la Hongroise s'est retrouvée au sol pour le compte K-O, suite à une magistrale série d'uppercuts au corps, ponctuée d'un crochet gauche au menton. Le combat prévu en six rounds de deux minutes s'est terminé plus vite que prévu.

C'est devenu mon empreinte digitale, le style bulldozer. Une puncheuse. Un vrai petit Tyson. On me connaît comme telle. Mon caractère aussi est entier, sans concession. Au moins, avec moi, on sait à quoi s'en tenir. Pas de ronds de jambe ni de sourire faux. Sur le ring, pareil, pas de danse ni de pirouette. Je vais au combat comme on va à la guerre. Ce que j'aime chez Tyson, c'est son style efficace, qui va à l'essentiel, et son immense talent : dans l'histoire de la boxe, aucun autre boxeur n'a été sacré champion du monde à l'âge de vingt ans. Sans parler de sa rapidité sur le ring, même si le plus véloce des poids lourds a toujours été Muhammad Ali.

Autre coupure de presse : le 31 mars 1996, demi-finale mondiale de kick-boxing, contre Nathalie Laufrey, à Claix, dans l'Isère. Victoire au premier round par abandon de l'adversaire. Le 19 octobre 1996, lors d'un combat en bord de mer en Allemagne, la presse locale, dixit un traducteur, m'a sacrée « grand espoir du club de Nancy ». J'ai gagné par K-O à la deuxième reprise. Les K-O des débuts de carrière ne sont pas des coups fulgurants ; ils étourdissent. Ils ne font pas disjoncter, comme mes K-O de 2009... Le véritable K-O provoque une perte de connaissance, comme si tous les circuits électriques se réduisaient à zéro.

Toutes ces décorations, ces consécrations, ces médailles et ces coupes méritent mieux qu'un grand carton. Je devrais les ranger dans une belle malle, par égard pour ce passé sportif déjà plein de mérites. Absorbée par ma vie de tous les jours, par mes soucis, j'oublie d'en être fière.

Avant 1997, en France, la boxe féminine anglaise n'avait pas de statut. Au club, les décisions étaient parfois fantaisistes et se prenaient au détriment du boxeur et de sa santé. Le 18 novembre 1995, simplement dotée de ma licence loisir en boxe pieds-poings, j'ai participé au championnat d'Europe de boxe anglaise en Hollande, en catégorie welter (moins de 67 kilos), alors que j'avais à peine suivi quelques cours de boxe anglaise au Punch...

Sous-entraînée pour un tel championnat, n'ayant ni les bons réflexes ni la technique, j'ai perdu au cinquième round, ayant été comptée plusieurs fois par l'arbitre. Arrêt du match. Sonnée, lessivée, éprouvée, j'ai compris ce que voulait dire « bonne ou mauvaise préparation ». C'est le sésame, en boxe comme ailleurs, non ?

Ce sera en Espagne, en 1996, que je m'orienterai vraiment vers la boxe anglaise. Je remplaçais en kickboxing l'adversaire de la championne en titre, au pied levé, cette dernière ayant été victime d'un accident de la route. J'avais déjà sept ans de pratique environ, un bon niveau, mais hélas, des membres inférieurs dépourvus d'une véritable puissance. J'ai perdu au pointage des juges (attribution de notes), deux juges à un, et la championne m'a démoli une jambe. Le lendemain, impossible de poser le pied par terre, ma pauvre jambe avait doublé de volume, une vraie patte d'éléphant. Ce sera ma seule défaite. J'en tirai les conclusions nécessaires : si je voulais faire des championnats de haut vol, je serais meilleure en boxe anglaise. J'avais tout dans les bras, quasiment rien dans les jambes, malgré des séances de musculation à forte dose. Or il faut miser sur ses points forts. Pas la peine de vouloir forcer une porte qui ne s'ouvre pas. Ce n'est donc pas par plaisir que j'ai choisi la boxe anglaise, mais par nécessité.

Mes combats me rapportaient mille francs environ, une sacrée somme pour une jeune fille à peine sortie de l'école. Je dépensais tout. En prime, je voyageais, c'était grisant, valorisant, même si ces séjours éclairs ne me laissaient pas trop le temps d'une visite ou d'une balade.

C'est en 1997, au Maroc, que ma vie m'a joué de nouveau un sale tour. Un gala de boxe thaï, sans titre en jeu. La championne était marocaine, j'allais la rencontrer sur ses terres.

J'avais vingt ans, des rêves de gloire plein la tête, une frappe déjà redoutable mais encore un cœur d'enfant. Il a été décidé qu'O. serait mon accompagnateur. Pourquoi n'était-ce pas Valérie ? À mon avis, fatiguée de cet homme volage, elle cherchait un moyen de le pousser à la faute pour l'amener plus facilement au divorce. Nous étions tous de plus en plus témoins de leurs disputes au sujet des filouteries de « Monsieur ».

Air Maroc, un beau matin. Destination Casablanca. À l'arrivée, comme tout entraîneur, O. s'était chargé des détails pratiques pour l'équipe : chambres d'hôtel, véhicule de location, emploi du temps, etc. En anglais – je ne parle que le français –, il a demandé une chambre double. Je ne l'ai compris que lorsque nous sommes arrivés à la porte de ce que je croyais être ma chambre.

Quand j'ai vu qu'il s'y installait aussi, je n'ai su quoi dire ni que faire, et tentais de me rassurer : O. était un champion, un excellent entraîneur et le mari de mon idole. Qui plus est, la chambre comportait deux lits. Je me suis faite toute petite, moi qui ne reculais devant rien ni personne. En vérité, j'étais timide. Là, j'avais carrément les bras coupés. O., Hollandais originaire du Surinam, était impressionnant. Un géant au sourire en coin. Il m'a laissée tranquille les soirs précédant le combat, car il ne faut pas perturber une sportive. Mais il avait des regards insistants et ses conversations s'éternisaient. J'ai dormi d'un sommeil très léger, ne sachant à quoi m'en tenir. Je craignais qu'il ne me rejoigne dans mon lit. Cet homme savait jouer au coach paternaliste et souffler le chaud et le froid en permanence.

Le samedi soir, je n'étais pas à cent pour cent dans le combat. Comment l'être ? Je me sentais déphasée. J'avais la trouille, mais pas de la championne en titre… Et je me suis mise à perdre. Un round, deux, puis trois rounds, je prenais coup sur coup et accumulais les contusions. Et à l'avant-dernier round, je me suis réveillée. C'est toujours comme ça, avec moi. Quand on ne parie pas un sou sur moi, je charge. J'ai armé ma jambe et atteint l'adversaire à la tête. Ma jambe devait peser son poids. Une tonne, au moins, selon mon pesant de rage. La championne en titre est tombée, d'un coup, par K-O. Et j'ai gagné. J'étais toujours aussi mal dans ma peau, mais avec le V de la victoire. Ensuite, O. n'a plus caché ses intentions, et il m'a escortée partout. Il jouait de son charisme de super-entraîneur. C'était une star. Plus vieux que moi, plus expérimenté, il a su trouver les mots et le bon moment. Il est difficile de résister à quelqu'un qui manifeste un brûlant désir. Du haut de mes vingt ans, je n'ai pas su garder la tête froide.

Nous étions très loin de nos vies. Le retour à la réalité allait être d'autant plus dur.

C'est la honte et le sentiment d'avoir été manipulée qui m'ont suivie pendant le vol de retour. La honte et la conviction d'avoir commis une faute irréparable vis-à-vis de Valérie. Cette brève liaison que je n'avais pas souhaitée au départ allait causer une brouille avec la femme qui m'avait tendu la main. Un homme marié ! L'entraîneur du club ! À l'arrivée, j'allais trinquer.

Que l'on vienne après me parler de la violence en boxe, pauvre boxe ! Dans l'espace d'un ring, je me suis toujours sentie à l'abri. Respectée et crainte, mais dans un cocon. En dehors, il n'y a ni cadre, ni morale, ni garde-fou. La violence de la vie qui vous prend votre père, alors que vous avez besoin de lui pour grandir. Et une mère accablée, qui n'en peut plus de racler les fonds de tiroir. Et un homme qui use de son autorité pour vous séduire. Je peux aussi parler de la violence ordinaire : du type en cravate qui hurle au volant et baisse sa vitre pour vous traiter de connasse, parce que vous ne démarrez pas assez vite au feu vert. De ces gars importants dans les administrations, qui vous reçoivent dans leur bureau, promettent de faire avancer votre dossier et vous font mariner durant des mois, alors que votre avenir dépend de cette démarche. De ces camarades qui vous invitent pour avoir une championne à leur table et oublient que vous êtes d'abord une amie. Je veux parler aussi de ces idées reçues dont certains ont besoin pour se rassurer sur leur propre valeur. Ils parlent du noble art alors qu'ils n'y connaissent absolument rien. Les boxeurs seraient bêtes, paraît-il. Ils viennent des cités, ils se prennent des coups sur la tête, alors ils sont forcément bêtes. Je suis blonde – vrai blond nordique – et boxeuse. Donc deux fois stupide, c'est bien ça ? La boxe, c'est se taper dessus. Ah bon ? Et si c'était autre chose ? Un monde à part, plus juste. Le manque de respect, les coups bas et la méchanceté ne sont pas autorisés sur un ring. À la violence ordinaire, je préfère celle du noble art.

Troisième round : mon modèle, quoi qu'il arrive

C'est avec moi qu'O. a eu une relation au Maroc. Avec moi et pas avec une autre, c'est pourquoi je me suis sentie si coupable. Comment me serais-je sentie à l'aise ? J'avais vingt ans, peu d'expérience, j'étais dénuée de malice perverse. J'avais l'intention de tout déballer mais, à l'attitude de son mari, Valérie a tout de suite compris. Il a avoué et elle a foncé à la boutique de puériculture où j'effectuais mon stage. « Le Punch, tu peux oublier. Je te vire », m'a-t-elle dit. J'ai eu beau lui assurer qu'il avait profité de la situation, me mettant dans de beaux draps, si j'ose dire, mais elle a préféré sa propre version : j'étais une voleuse de mari. Elle était rouge de colère et moi, rouge de honte.

Résultat : j'ai été jetée du Punch, le temps de récupérer mes affaires dans mon casier.

Je savais bien ce que je perdais : une ambiance, une formation, une seconde famille. J'ai accepté la sentence, mais j'ai refusé d'être aussi renvoyée de l'école, car j'avais de bons résultats. Pourquoi devais-je payer si cher le fait d'avoir été abusée ? Le directeur réussit à me maintenir dans les lieux, résistant à la pression exercée par Valérie.

J'ai tout de suite mis en place une stratégie de survie : obtenir mon diplôme et trouver un autre club de qualité. Il ne s'agissait pas de pleurer, mais de prendre des décisions.

La boxe m'avait déjà enseigné ceci : quand on tombe, on se relève immédiatement et on repart. On ramasse ses forces, on pense vite, on avance. L'objectif est devant.

Grâce à des relations, j'ai trouvé un bon club, heureuse d'échapper à cette histoire d'infidélité. Plus de Valérie, entendu, mais plus non plus d'O. À l'avenir, je garderai mes distances, que ce soit avec les femmes ou les hommes, plus question d'affectif ni même de franche rigolade, le prix à payer en cas de rupture étant trop lourd. J'ai appris à monter ma garde et à boxer à distance. Dans la vie, pareil. Je baisse rarement ma garde, et j'ai peu d'amis. Je me protège.

Les posters de Valérie ornaient toujours les murs de ma chambre. Elle restait mon modèle, celle que je voulais devenir. Mais je m'interdisais de souffrir. J'avais mis un mouchoir sur notre amitié. Je m'entraînais dans un club à Vandœuvre qui enseignait uniquement la boxe française, nommée aussi la « savate ». C'est ainsi que je me suis lancée dans cette nouvelle discipline pieds-poings et que j'ai participé à de nouveaux combats, devenant vice-championne de France en boxe française. J'avais alors neuf ans de boxe, et mon corps, cet outil, devenait de l'acier.

Un peu plus tard, je suis retombée sur O. Séparé de Valérie, il avait dû quitter le Punch lui aussi et donnait des cours de thaï à Vandœuvre, dans mon nouveau club. En tant qu'entraîneur, il avait bonne réputation. Pas mal d'aspirants champions l'ont suivi. Sa devise : « To be the best, you have to win from the best » (pour être le meilleur, il faut gagner contre les meilleurs).

J'ai accepté de prendre un verre avec lui. J'avais besoin de voir cet homme différemment. Retrouver aussi une certaine estime de moi-même. Comprenez-moi bien : il avait profité de la situation et de mon jeune âge. J'avais payé très cher une histoire que je n'avais pas souhaitée. Je m'étais retrouvée au cœur d'un adultère. Mon amie et modèle Valérie ne me parlait plus. Alors je ne rêvais pas de vengeance mais de réparation, d'une certaine manière.

Il se disait à nouveau célibataire. J'ai eu droit au grand jeu, dîner aux chandelles, musique, conversation. Dans ce contexte, il m'a plu. Parce qu'il m'a laissé cette fois le temps et la liberté de lui dire oui ou non. Je n'ai pas écouté mon ami Greg lorsqu'il m'a mise en garde, en pointant la réputation exécrable d'O. sur le plan privé. J'ai pris à tort ses propos pour l'expression d'une jalousie à retardement.

Au niveau de la boxe, mon projet se clarifiait : je devais rejoindre un club réputé en anglaise et doté d'un entraîneur connu. C'est le bouche-à-oreille qui m'a conduite à Dombasle-Boxe, pour rencontrer René Cordier, coach depuis trente ans, fabricant de champions. Son team réunissait des boxeurs émérites, comme David Guérault, Nordine Mouchi, Tuncay Kaya. Il fallait que j'intègre cette brillante écurie.

Qui aurait pu deviner que douze-treize ans plus tard, René serait toujours mon entraîneur-manager et la seule personne en laquelle j'aie totalement confiance ? Sûrement pas lui-même, qui ne voulait pas de moi, au début. À cette époque, la boxe féminine anglaise étant inexistante en France, cela n'encourageait pas les initiatives personnelles.

« Je n'entraîne pas les filles », m'a annoncé cet homme qui aurait pu être mon père. Aujourd'hui, à l'image des autres entraîneurs, il a bien révisé ses préjugés. Les filles, dit-il, sont plus méthodiques, plus endurantes que les garçons. Mais jusqu'à la fin des années 1990, il ne tenait pas ce langage. Et puis l'idée qu'une femme, « cet être fragile et gracieux », puisse prendre des directs sur le nez, des coups au foie, cela le dérangeait.

J'ai dû revenir à la charge plusieurs fois, ravalant ma fierté, repartant à zéro à chaque contact, bravant son indifférence, insistant pour qu'il m'accorde un regard, un seul. Il m'a finalement proposé de faire un essai avec l'un de ses champions. J'ai dit oui, la peur au ventre, j'ai pris des mauvais coups, mais je n'ai pas reculé, je l'ai affronté, les yeux dans les yeux, poings contre poings, ce dur à cuire. J'avais du métier, mine de rien ! J'avais ma place dans ce club. Elle me revenait de droit. Ma ténacité a intrigué René Cordier et, comme il l'avouera plus tard, mes mots ont eu raison de ses dernières réticences. J'avais, semble-t-il, moi, la fille silencieuse et peu habituée aux échanges, un vrai discours de combattante, parlant de victoires, de titres mondiaux, je voyais loin, et cela lui a donné envie de me prendre en main. Et puis j'avais remporté des victoires en boxe thaï et en boxe française, je ne sortais pas du néant.

René m'a dirigée vers la section boxe loisir à Dombasle-Boxe dès le mois de septembre 1997. Licence numéro 200547.

Pour la compétition, on verrait plus tard, quand j'aurai évolué techniquement. Il me fallait tout réapprendre car la boxe anglaise est très différente.

Vous comprenez pourquoi nous, boxeuses, avons tant aimé le film Million Dollar Baby, de Clint Eastwood ? Parce que, à l'image de l'héroïne, nous avons toutes voulu oublier des drames personnels en poussant la porte d'un club de boxe. L'une a grandi entre les assiettes qui volent et l'argent qui manque, l'autre a perdu sa mère très jeune, une autre encore a vu la sienne trimer dans son bar et a eu pour toute ambiance familiale les cigarettes et les alcooliques. Enfin, toutes, nous avons bien sué pour nous faire accepter dans cet univers d'hommes fait par eux et pour eux. Même si certains nous ont mis le pied à l'étrier, ni les entraîneurs ni les boxeurs ne voulaient nous voir investir leur bastion, surtout à un niveau de compétition. Ils voulaient bien de nous dans une réunion de boxe, mais en tenue de saloon et brandissant sur le ring les cartons des rounds en cours. Présentes, oui, mais dans le rôle de l'objet décoratif. Nous avons dû sortir les rames, avec les gants. La boxe, c'est dur d'y entrer, et c'est dur d'y rester. À l'image de ce que Maggie dit dans le film : « J'ai souffert pour venir au monde, je souffrirai pour en sortir. » J'ai souffert pour entrer dans la boxe, et j'ai souffert pour y rester, pourrait-on dire. Ce sera plus facile pour la génération suivante que pour nous, les pionnières.

Naïvement, côté vie privée, je croyais qu'on pouvait vivre d'amour et d'eau fraîche, car ni O. ni moi n'avions un sou. Ses cours ne lui rapportaient pas grand-chose une fois la location de la salle et les cotisations payées. Si j'étais capable de prendre un studio exigu comme nid d'amour, rien de tel n'était possible pour lui qui avait vécu une vie de couple confortable avec femme, enfant, voiture, maison et jardin. Le retour à la réalité avec une fille démunie comme moi l'a vite plongé dans la dépression. Et je me suis retrouvée à consoler et à remonter le moral d'un homme qui avait derrière lui tout un passé glorieux. Il s'est mis à boire et à se laisser aller. La femme de sa vie, c'était Valérie, moi, je n'étais qu'un lot de consolation. De son côté, elle me dénigrait ouvertement. J'avais tout perdu, à commencer par l'amitié si précieuse de cette femme. Je me demandais souvent pourquoi je m'étais mise dans cette situation.

Je vivais une triste histoire d'amour, mais lorsque Léna s'est annoncée, porter la vie est quelque chose qui m'a apaisée. Notre fille est née le 15 août 2001, le jour où la mère de Jésus a été « élevée au ciel ». Je ne suis pas croyante, mais j'espère que ma fille, née un 15 août, sera une personne éveillée, au cœur immense.

Je dis à Léna qu'il y a eu de l'amour entre son père et moi, même si cet amour n'a pas duré, et même s'il reposait surtout sur un malentendu. Nous sommes partis en Grèce pour une réunion de boxe, et c'est au pays des poètes et des philosophes, au pays des premiers pugilats et des jeux Olympiques de l'Antiquité, que nous t'avons conçue, ma petite fille. Ton premier berceau est aussi le berceau de la boxe. Tu n'étais pas prévue au menu de ce « voyage d'affaires », mais programmée ou pas, ta naissance nous a émerveillés.

À Dombasle, en septembre 1998, René Cordier m'a encouragée à prendre une licence professionnelle en Allemagne, faute de pouvoir le faire chez nous. La législation se précisait peu à peu, la boxe féminine serait bientôt reconnue en France. Il ne serait plus possible de combattre sans répondre à des normes rigoureuses et, surtout, sans que le club soit affilié à la Fédération française de boxe (FFB). En attendant, il me fallait prendre une licence professionnelle à l'étranger. L'Allemagne faisait la part belle à la boxe féminine, la star du pays, Regina Halmich, gagnait des sommes considérables. Beaucoup de galas, forte médiatisation. Et la cerise sur le gâteau était que cette fille était particulièrement belle.

Hélas pour moi, lorsque j'ai pris ma licence en Allemagne, la boxe en général y amorçait son déclin. Autant dire que les organisateurs de gala, dits « promoteurs », allemands, ne m'ont décroché aucun combat. Conclusion : pas de statut en boxe professionnelle chez nous et des difficultés pour exister par un autre biais. Il me faudra attendre septembre 2003 pour faire valider mon statut.

Seule la boxe amateur a été autorisée en septembre 1998.

La boxe amateur, c'est encore autre chose : elle exige le port du casque et d'un maillot, en entraînement comme en compétition. Structurée en équipe de France, elle donne le statut d'athlète de haut niveau avec formations et aides régionales. Moi, je suis passée professionnelle directement, un parcours très atypique. La vraie boxe reste la boxe professionnelle, qui se pratique à demi nu, sans casque, à l'image de la lutte romaine. Mais cela dit, j'aurais aimé intégrer une équipe et une structure forte comme une équipe de l'INSEP, l'Institut national du sport, de l'expertise et de la performance. La boxe féminine amateur sera enfin représentée aux JO à Londres en 2012. Les catégories olympiques féminines seront les poids mouche (48-51 kilos), les légers (57-60 kilos) et les moyens (69-75 kilos). C'est la bonne nouvelle de l'année 2009. Nous ferons toutes une fête mémorable.

Toutes ces lourdeurs administratives, ces temps morts ne me donnaient guère envie de m'entraîner. Pas de challenge, pas de sous, plus une histoire d'amour bancale qui pompait mon énergie. C'est physiquement si exigeant, un sport de haut niveau, qu'il faut une totale disponibilité d'esprit. Être à fond dans sa préparation. Or, j'étais rongée. Je marchais sur un terrain miné en permanence. J'étais inquiète, sur le qui-vive.

Enceinte, il n'a plus été question de boxe ni d'aucune autre cause de fatigue extraordinaire. Mon compagnon, toujours aussi prévenant, n'a vu aucun inconvénient à ce que je me démène pour payer notre pain quotidien. J'observais sa paresse tout en me pinçant. Comment l'homme dont j'étais amoureuse pouvait-il se comporter aussi mal ?

J'avais droit à une aide au logement et je gagnais le SMIC, en étant tour à tour vigile dans un centre commercial (des heures debout, enceinte, quel plaisir !) ou assurant la sécurité, la nuit, dans un supermarché (avec la trouille au ventre). Tout ça pour trois francs six sous. Un après-midi, alors que je repérais un vol de matériel hi-fi grâce aux caméras, une course-poursuite s'est engagée. Les malfaiteurs sont partis comme des flèches, un collègue et moi à leurs trousses. Sur le parking du supermarché, une voiture qui cherchait à se garer a failli me rentrer dedans. C'est un miracle si je n'ai pas fini sur le capot et s'il n'est rien arrivé au bébé que je portais.

Après la naissance de Léna, en 2001, j'ai continué à enchaîner les CDD, seuls contrats compatibles avec une vie de sportive qui doit suivre des entraînements, matin et soir, et accepter des déplacements de dernière minute. Je travaillais, lui, non, il gardait Léna, ce qui n'était pas pour me déplaire.

À ce moment-là, j'étais ambulancière, un boulot sans horaires fixes. Je me revois rentrant chez nous au volant de l'ambulance et apercevant la tête des voisins quand je me garais au pied de l'immeuble. Ils devaient penser que j'étais une drôle de fille. Dans un film anglais, c'est un jeune homme qui gare son corbillard en bas de chez lui. On ne voit que ça, dans la rue. Dans une série américaine, même chose, le jeune conduit un corbillard, mais ses parents travaillent dans les pompes funèbres, alors c'est plus normal.

Financièrement, pour nous, c'était le désert. Plus d'une fois, trop fauchée pour payer un plein de frigo, j'ai dû aller chercher des bons alimentaires, aux Restos du cœur. Heureusement que cela existe, qu'il y a des bénévoles pour donner des repas à ceux qui ne peuvent même plus se payer l'essentiel. J'habite une petite ville. Je n'aurais pas aimé croiser une connaissance, ce n'est pas une question de honte, mais de discrétion. On n'aime pas forcément étaler ses problèmes. On a envie de nourrir ses enfants autrement qu'en demandant de l'aide.

M'occupant de Magda, la fille de Valérie et d'O., un week-end sur deux, j'ai pu reparler à mon idole, au moins au sujet de l'enfant. Répondre à ses questions : « Magda a bien mangé, ce week-end ? Bien joué ? » Rien de plus, mais c'était déjà un premier contact. De coup de fil en coup de fil, Valérie a tenu à calmer les passions, déclarant un soir au téléphone : « On a des enfants du même père. D'une certaine manière, elles sont sœurs, sachons nous comporter de façon à ce qu'elles grandissent ensemble. » J'étais non seulement d'accord, mais j'avais toujours été partante pour cette solution. Je raccrochai avec le sourire, heureuse comme rarement. Les conflits, ce n'est pas mon truc. J'aime les relations harmonieuses, les échanges vivifiants. Nous allions enfin faire la paix et reparler de la boxe, des projets, de la vie. Cette réconciliation m'a fait un bien fou. J'en oubliais mes problèmes. Petit à petit, nous allions devenir des amies et même des sœurs. Il n'est pas rare que nous nous rendions service aujourd'hui encore, huit ans après, que nous nous épaulions l'une l'autre. Si je dois demander conseil à une autre personne que René, en matière de boxe, c'est à Valérie que je fais appel.

La vie avec O. devenant de plus en plus difficile, j'ai parlé de séparation. Quelle autre conclusion pouvais-je tirer de la situation ? À ce moment-là, il m'a mis entre les mains ce marché : si je le quittais, il ne reverrait plus sa fille, qu'il aimait pourtant beaucoup. Pour lui, c'était tout ou rien. Mais je n'allais pas passer ma vie avec un homme qui faisait mon malheur. Je préférais survivre seule que mal accompagnée. Ne pas accepter n'importe quoi. Aimer la vie par-dessus tout. C'est de là que je tire ma force.

Il pouvait bien, comme il le faisait avec Magda, voir Léna un week-end sur deux ou même davantage. Je désirais sincèrement préserver ce lien père-fille. Mais je ne voulais pas me sacrifier, et je suis retournée vivre chez ma mère avec Léna âgée de deux ans et demi, laissant au père le loisir de réfléchir. Chacun doit choisir son chemin en son âme et conscience. J'ai choisi le mien et je ne rends jamais les autres responsables de mes choix.

Valérie m'a assurée de son soutien et de sa présence : « Si tu as besoin de moi, par rapport à Léna, je suis là. » J'ai trouvé sa réaction généreuse. Nos filles ont pu se voir souvent. Nous formons un genre de famille recomposée. Valérie s'est remise en couple, a eu un second enfant, et le cercle s'est agrandi.

Les gens qui n'ont pas vraiment de soucis ont parfois des chutes de moral, alors imaginez une fille comme moi !

À quoi rêve une toute jeune femme ? De distractions, de soirées en boîte, de lèche-vitrines, de cinéma, de vacances au ski ou à la mer, d'un job plein de promesses, d'une belle rencontre amoureuse et légère. Elle a au moins des rêves et des illusions, cette jeune fille. Elle sourit facilement. Elle va faire les soldes. Elle croit aux miracles. Elle n'a pas encore pris coup sur coup, dans la vie, contrairement à moi. Je suis rarement allée au cinéma, j'ai ouvert peu de livres, j'étais dans une stratégie de survie. Il n'y a pas de place pour la distraction, la culture ou le superflu, lorsque l'on bataille pour manger et dormir.

À l'âge de vingt-six ans, maman solo, touchant le RMI ou vivotant de petits boulots, sentimentalement ruinée, j'ai à plusieurs reprises voulu baisser les bras, rester couchée sous ma couette. C'était ça, ma vie ? Une montagne de difficultés ? Mais j'ai quand même repris le chemin des vestiaires.

À Dombasle-Boxe, club labellisé or, avec René Cordier comme entraîneur, je ne pouvais pas laisser passer cette chance. On dit qu'il n'y a pas plus têtu qu'un boxeur. Je dirais plutôt « tenace ». Pour s'entraîner, vous savez, quand vous n'avez ni reconnaissance ni ressources financières, il faut aller la chercher loin, la motivation. Tant d'efforts, tant de souffrances physiques pour quoi ? J'avais souvent envie de jeter les gants. Mais je ne le faisais pas, je ne montrais rien, au club, j'affichais une détermination sans faille. Les jours de grand ras-le-bol, je me donnais deux jours de réflexion, histoire de mettre de la distance. Mon blues allait retomber, j'y verrais plus clair. En effet, je finissais toujours par surmonter mon découragement et par me raisonner : est-ce que je me voyais travailler huit heures par jour pour le SMIC ? Sans jamais tenter de réaliser mon rêve ? Je désirais mener une vie simple et tranquille, tout en sachant que c'est dans l'adversité que mes forces se décuplent. J'allais toucher le fond puis remonter. Comme à la mort de mon père.

L'avenir me faisait quand même bien paniquer. J'avais beau tourner en rond, me réveiller dix fois dans la nuit, imaginer plusieurs solutions, je revenais toujours à l'évidence : paradoxalement, seule la boxe pouvait me permettre de gagner ma vie. Il n'y avait aucun autre domaine dans lequel j'avais de réelles compétences, pas d'autre porte de sortie. Ailleurs, on m'aurait ri au nez. Je pensais souvent à mon père avec ses oiseaux, à sa patience et à sa détermination. Je devais prendre exemple. J'essayais de deviner de quelle manière mon père, ce grand absent, m'aurait guidée, apprivoisée. Moi aussi, j'étais un drôle d'oiseau. J'essayais de me souvenir de sa voix. De son costume, le jour de la remise des prix en athlétisme. Je revois la scène en détail. Costume sombre, cravate, chaussures cirées, brillantine. Son sourire.

Son regard. Sa fierté. Comment était-il habillé la dernière fois ? À la morgue, je l'ai vu sans le voir, ma tête et mon cœur étaient restés dehors. Depuis sa mort, j'ai tout laissé dehors, et j'ai enterré avec mon père toutes les larmes de mon corps. Rien ne me fait plus pleurer à part la fatigue.

Je porte, depuis mes dix-huit ans, un perroquet tatoué sur ma cheville droite. Un cadeau de mon frère. Sans être proches, nous n'oublions pas que nous sommes frère et sœur. Pourrait-il, ce perroquet plus vrai que nature, me répéter ce que mon père chuchotait à ses mandarins ? Des formules magiques ?

Retourner chez ma mère, c'était vital, autant pour des raisons financières que pour des raisons d'organisation. Entre mon travail d'ambulancière, mes entraînements de boxe et mon nouveau statut de mère célibataire, j'avais les nerfs en surchauffe. Ça ne pouvait pas durer.

Ma mère m'a tendu la main, lorsque j'ai atterri chez elle avec mes valises et ma gamine sous le bras. Je ne tenais plus debout, elle le savait. Elle allait, pendant un an, garder ma fille le jour et nous offrir un nid d'affection. J'allais redevenir l'enfant de ma mère, la fille chérie à laquelle elle ne refuserait rien. Mais mes demandes n'étaient plus extravagantes. Il n'était plus question de biens matériels, de cadeaux dingues, mais de son affection et de ses petits plats maison. Ainsi, durant douze mois et quelques semaines, je serais heureuse de rentrer chez elle, dans un endroit gentil, plein de vie et de douceur. Maman a gardé l'habitude de me donner, quand elle me croise, une soupe par-ci, du poulet rôti par-là.

Je retrouvais peu à peu une sérénité et un sentiment de sécurité qui m'avaient désertée depuis longtemps. Ma chambre de jeune fille était devenue ma chambre de jeune mère célibataire, et dans le petit lit à côté du mien, il y avait une poupée en chair et en os, qui n'avait pas demandé à naître et qui réclamait toute mon attention. Elle comptait sur moi et je tenais à lui prouver que sa mère prenait sa vie par les cornes. Je voulais m'armer de courage, lui montrer qu'il en faut pour vivre bien. Je voulais que, plus tard, ma fille soit fière de sa mère. J'avançais dans la vie tout en battant furieusement les cartes du destin. Passé, présent, avenir se mélangeaient pour me donner plus de forces. J'en avais tellement besoin. Je voulais réussir, malgré la galère dans laquelle j'étais. Je m'accrochais. Je serrais les mâchoires. Je me relevais, prête à me battre à nouveau. Je faisais le bilan. Je me jurais de ne plus mettre les pieds dans une histoire difficile et de ne m'entourer que de gens positifs. Une boxeuse qui gagne est une boxeuse bien entourée, pour commencer.

Quatrième round : la boxe, au nom de mon père

La boxe anglaise, c'est la boxe par la grande porte. Peut-être, est-ce même celle des puristes. Elle serait née sous l'influence d'un marquis anglais au début du XIXe siècle. Le terme de « noble art » lui a été attribué à ce moment-là, soulignant la fin des combats à poings nus. Pour confirmer que c'est la boxe avec un B majuscule, l'arbitre Daniel Talon a cette formule : « Les sports pieds-poings fluctuent selon les époques, même si certains champions sont remarquables, mais la boxe anglaise, elle, est immortelle. » Une ambiance particulière règne dans les salles de boxe anglaise, donnant l'impression que chacun joue sa partition dans son coin : l'un tape furieusement dans un sac, l'autre fait des pompes, un autre, chaudement vêtu, transpire à grosses gouttes sur son vélo pour perdre des kilos et faire le poids, le fameux poids du boxeur. Cet orchestre semble mal organisé, pourtant l'entraîneur a tout minuté. Il a des yeux derrière la tête et veille à ce que chacun exécute son programme. Gare à celui ou celle qui rêvasse, qui fait semblant de sauter à la corde ou de se concentrer sur la poire. Il faut faire ses preuves. Je l'ai su dès la première seconde : ici, moins qu'ailleurs, on ne me ferait de cadeau. Mais l'excellente réputation de René et sa sagesse légendaire me donnaient envie de surmonter les épreuves. Il ne faut jamais perdre de vue ses priorités. Avec le recul, je mesure à quel point j'avais besoin d'une telle rencontre. René allait incarner une image masculine rassurante et bienveillante. Sinon un père, il serait mon repère.

Dombasle-Boxe a toujours été cette salle aux murs tapissés de gloires d'hier et d'aujourd'hui. L'armoire à trophées, les articles de presse et les affiches mettant en scène les champions de René font revivre les grands moments du club.

L'équipement des lieux est classique : un ring de compétition de six mètres sur six, clôturé par quatre cordes ; une forêt de sacs de frappe et autres cibles ; des potences ; une montagne de gants et de casques mis à disposition.

Passer de la boxe pieds-poings à l'anglaise, cela revient à piloter un hélicoptère, quand on a l'habitude des avions de tourisme. Il faut réapprendre, revisiter ses automatismes. En boxe anglaise, les appuis sont totalement différents. La position de mes pieds ne convenait plus. Je mettais tout mon poids sur la jambe avant, pour balancer mon jeté de pied, alors qu'il fallait faire exactement l'inverse. Ce furent des heures et des heures de révision, un an d'entraînement pour corriger les mauvaises postures. Le courant passait bien avec René. Il aime les gens jusqu'au-boutistes. Pas mal d'aspirants boxeurs laissent tomber après les fêtes de Noël ; les bons petits plats ont raison de leur motivation.

Plus je progressais, plus mon objectif se précisait. Tout au moins, le moyen d'y arriver. Je voulais devenir championne du monde, pour amasser de l'argent, connaître la gloire et la lumière, mais aussi faire de Mathis, le nom de mon père, une célébrité. C'était devenu vital pour moi, autant que l'envie de réussir. Le nom de Mathis avait circulé chez les cibistes ; avec moi, ce patronyme passerait à la postérité, comme ceux de Tyson et d'Ali. Un univers d'hommes, quoi que l'on fasse.

J'avais perdu pas mal de poids après la naissance de ma fille, aussi René m'avait-il destinée à la catégorie des boxeuses super-légères. Selon lui, j'allais avoir plus de chances de sortir de l'anonymat en boxant contre des filles de cette catégorie, qu'en restant en welter (66,5 kilos). Fin stratège, René avait déjà son plan de bataille. Pour exister et espérer gagner ma vie, il me fallait combattre Myriam Lamare. Championne du monde en titre, catégorie super-léger, elle monopolisait l'attention des médias et obtenait de très bonnes bourses.

René avait raison, il me fallait être sur la route de Lamare. Même si, pour me maintenir au poids de combat de 63,5 kilos, je devais dire bye-bye aux pizzas et sandwichs grecs. Ce serait salade-poisson à longueur d'année, surtout à l'approche des combats.

Quelle fête !

René n'est pas un fabricant de champions pour rien. Il sait où mener un boxeur qu'il prend en main. C'est la marque des grands entraîneurs. La boxe est un échiquier, avec ses cases noires et ses cases blanches. Il faut savoir où l'on doit aller et à la place de qui. On ne bouge pas sans avoir étudié toutes les combinaisons. La boxe, c'est dans la tête avant d'être dans les poings.

Des propositions ont pointé le bout de leur nez. Combats de préparation, pas encore de championnats pour les titres européens et mondiaux.

À l'époque, j'étais en tout petit sur les affiches. Aujourd'hui, c'est l'inverse, j'occupe la vedette et les hommes sont, eux, en lettres minuscules. C'est ça, l'égalité homme-femme, chacun son tour sur l'affiche, non ? Mais jusqu'au match pour la ceinture européenne, mon nom et ma silhouette apparaissaient en miniature. Je ne mesure pas 1,78 mètre pour figurer sur une photo au format de timbre-poste.

Le 6 décembre 2003 a été organisé un gala à la salle des sports de Dombasle. C'est une date très importante pour moi. Ce gala m'opposait à la Hongroise Katalin Csehi.

René a pour habitude de trouver à ses poulains des adversaires qui vont leur donner du fil à retordre, pas des faire-valoir. C'est ainsi que l'on progresse de match en match. Plus grande que ma rivale, j'ai, ce soir-là, gagné au deuxième round, imposant ma puissance rapidement. Les yeux me piquaient de joie. Je voulais être digne de René. Qu'il soit payé en belles victoires pour les heures passées à me former. « Lourdement éprouvée, la Hongroise était comptée et tentait de reprendre, mais son entraîneur préférait jeter l'éponge », a écrit le quotidien lorrain L'Est républicain.

Je livrai pas moins de sept combats sur deux ans avant de rencontrer Nathalie Toro, championne d'Europe. Auparavant, je serais trois fois face à la Roumaine Daniela David, à Dombasle et à Matoury en Guyane, et deux fois face à Larisa Berezenko, à Hyères et à Metz.

En février 2004, au casino d'Hyères, la redoutable Ukrainienne m'attend au coin du ring. Une fille dangereuse, avec de larges crochets, de vraies enclumes, une réputation qui la précède, mais j'ai raison de sa férocité au bout de six rounds. Je n'ai pas vécu tout ce que j'ai vécu côté vie privée pour perdre sur un ring. Il n'est pas question de laisser passer la chance ; je sais qu'elle ne sonne pas trois fois à la porte. Ce qui m'a mise en appétit, aussi, c'est la présence de la championne du monde Myriam Lamare dans les gradins. Malgré mon palmarès récent, elle allait peut-être s'intéresser à moi. Je caressais déjà le rêve de combattre contre elle et de sa réponse, par équipes interposées : « Si Anne-Sophie Mathis boxe comme ça contre moi, elle vient quand elle veut », je lui donnais secrètement raison. Je manquais d'expérience pour espérer être sa digne adversaire. Une championne souhaite un pugiliste qui a du coffre et du punch. Il me fallait plus de travail au compteur. Je ne manquais ni de rigueur ni de logique. J'allais donc mettre les bouchées doubles.

À Dombasle, en avril 2004, je ne laisserai aucune possibilité à la gauchère Daniela David, avançant sur elle comme un char d'assaut. Rouée de coups, elle fut contrainte à l'abandon à la sixième reprise. Daniela était pourtant comme moi une boxeuse en pleine ascension, pas trop de combats, un bon poing arrière. Ascension, ça signifie bien quelque chose ! Ascension, comme celle d'une fusée qui réussit son lancement. Même scénario en mai et en septembre, cette fois en Guyane, pour une réunion organisée par Jean Boucharinc, un monsieur Boxe incontournable en outre-mer. J'ai quitté le ring forte d'une victoire par K-O. Pourtant, le décalage horaire et la chaleur moite n'avaient pas facilité l'entraînement.

La Guyane, voilà un pays qui m'a complètement charmée. Je n'étais encore jamais allée en outre-mer. D'une part, la pointe de la technologie, avec le lancement de la fameuse fusée Ariane, les caméras du monde entier pointées sur elle, de l'autre, des gens qui font ce qu'ils peuvent pour survivre. À la visite du centre spatial de Kourou, j'ai préféré les petits marchés improvisés en bord de route, la marchandise posée à même le sol, sur un drap. Artisanat local, fruits exotiques, bananes, ignames, ananas, cantines en métal remplies de petits plats faits maison. Toutes ces couleurs vives projetées dans le paysage m'ont remplie de joie. Face à ces choses de la vie quotidienne qui racontaient la gourmandise, la vie de famille, j'avais envie de poser mes valises, au moins dix minutes. Le vieux bus ne s'arrêtait pas, mais je m'en mettais quand même plein les yeux, postée à la fenêtre. Je remerciais en secret ma chère boxe de me donner à voir de si jolies images. Et le goût de l'ailleurs.

Pour me faire remarquer, en vue des championnats importants, il me fallait cette fois battre des adversaires de taille, rencontrées par les championnes Nathalie Toro et Myriam Lamare. Des challengers qui avaient mis en difficulté les grandes championnes. La fameuse stratégie de l'échiquier. D'abord, la Bulgare Borislava Goranova, « rugueuse et dure au mal », selon René. Il s'était procuré des cassettes vidéo de cette boxeuse. Visionner le travail de l'adversaire est encore le meilleur moyen de se préparer à l'affrontement, car il faut adapter sa boxe à celle de l'autre, savoir cerner les pièges, évaluer les points forts et les points faibles.

Par exemple, Goranova est rentre-dedans, genre voiture bélier, et elle ne laisse aucun répit à sa rivale. Ce qui ne m'a pas empêchée, en raison de ma belle taille – je faisais une tête de plus qu'elle –, d'un travail acharné et d'une bonne allonge – des bras pouvant marteler tout en maintenant la distance –, de dominer le combat du 27 novembre 2004. Mes grands bras et mes grandes jambes sont mes atouts.

Le visionnage des cassettes m'avait permis d'anticiper et de savoir que je devais à tout prix éviter avec elle le corps à corps, l'affrontement rapproché. Sa puissance aurait pu me mettre en difficulté.

« Comptée à trois reprises : le coin de la Bulgare préféra jeter l'éponge au sixième round », reprend L'Est républicain, car ce gala se déroulait sur mes terres. Il ne faut pas perdre chez soi, car la honte intensifie le sentiment d'échec. Il n'était pas question de terminer la soirée sans les honneurs. Encore moins dans mon fief qu'ailleurs. J'ai ma fierté. C'est une de mes qualités.

Dès lors, une nouvelle fois déclarée vainqueur par K-O, j'ai commencé à avoir une certaine notoriété. La rumeur se mit à circuler : la boxe féminine comptait une nouvelle terreur, AS. Une dure à cuire, une fille incontournable. AS venait de la boxe pieds-poings, elle avait une sacrée résistance et du répondant. Ma peau devenait une cotte de mailles, mes poings, des marteaux.

Il n'y avait aucune raison pour que je reste encore dans les starting-blocks. Ma vie ne pouvait pas faire du surplace, je m'échinais depuis si longtemps. Les récompenses, elles seraient pour moi, il y aurait au moins cette justice-là, dans ma vie. La réussite est une question de logique et de discipline, j'en suis sûre. La chance n'occupe qu'une part infime dans une évolution de carrière.

Un important promoteur, le numéro un français, Michel Acariès, est venu me voir boxer. C'était un bon point pour la suite. René est entré dans des négociations sérieuses avec les managers des grandes championnes. Montant de la bourse, titre mis en jeu, etc.

Cependant, impossible d'obtenir le moindre enregistrement vidéo de la Belge Nathalie Toro sur le ring. L'invaincue championne d'Europe restait une énigme. Je n'avais que mes souvenirs de spectatrice d'un combat qui s'était tenu au Luxembourg. Elle boxait alors contre une fille que Myriam Lamare avait battue aux points, non sans difficulté. J'étais curieuse d'en savoir plus. René accompagnait un boxeur, à Dudelange au Luxembourg, je décidai de faire partie du convoi.

Je voulais voir Nathalie Toro sur le ring, certaine qu'elle serait l'une de mes futures adversaires. Trente-trois ans, 14 victoires dont 6 par K-O et 8 aux points. Invaincue jusqu'à ce jour. Une boxeuse plutôt petite (1,65 mètre) qui venait de la boxe française et du kick-boxing. Puncheuse, mobile, allant au carton, elle était difficile à contrer. Un match avec elle me semblait des plus prometteurs. Elle avait pris la ceinture de championne d'Europe catégorie super-léger à l'Anglaise Jane Couch, qui se fera laminer ensuite par Myriam

Lamare. Le monde de la boxe féminine est si petit. Trop petit. On a, hélas, vite fait le tour…

La voir en vrai, cela m'a rassurée : plus grande, plus percutante, j'allais dominer la situation. En rentrant à Dombasle, René a dessiné la silhouette de Nathalie grandeur nature sur un tapis en mousse fixé au mur ; j'allais m'entraîner contre ce mannequin. Mes gestes gagneraient en précision par rapport à la petite taille de mon adversaire.

Pour me préparer à la rencontre avec Nathalie, j'ai eu la chance (une fois n'est pas coutume !) de croiser les gants avec une femme. Myriam Chomaz, à l'époque championne d'Europe amateurs poids plume. Elle envisageait de passer chez les professionnels et ce rôle de sparring-partner allait lui être utile autant qu'à moi. Rien ne vaut l'entraînement dans les conditions du direct, si l'on peut dire, avec une fille, quand on joue un titre contre une fille. Myriam est venue quelques jours à Dombasle. Elle me servirait de « lièvre ». Très entraînée en équipe de France, elle courait à toute vitesse. Et moi, peinant derrière, je râlais à la même allure. Je n'ai jamais aimé courir, même si j'ai fait de l'athlétisme. À un moment, Myriam m'a dit : « Si tu râles comme ça, t'es pas près de gagner contre Lamare. Elle ne se plaint jamais, elle. » Ça m'a donné à réfléchir. J'ai mis mes humeurs en sourdine, et je me suis vraiment donnée. Circuit avec buttes et fossés, pistes, vélo, puis mise de gants avec Myriam, je m'entraînais à fond. C'est sur le ring que je l'ai surprise, et là, Myriam a vu que j'étais de nature à affronter la championne du monde. Elle me l'a dit, et ça m'a fait drôlement plaisir.

Tout était nouveau, le rythme et la nature de l'entraînement, je me sentais jouer dans la cour des grandes. Quatre à cinq heures d'entraînement par jour, avec le quotidien à gérer, ma fille à emmener à l'école, à récupérer à l'heure du déjeuner car, étant au RMI, je n'avais pas d'argent pour la cantine. Une fois, je me suis endormie au volant devant l'école. Quatre allers et retours maison-école, puis maison-salle de boxe à vingt kilomètres de là. Crevée mais si heureuse. Avec, à la clef, le championnat d'Europe !

Grâce à Myriam et au programme mitonné par René, je me sentais vraiment progresser. L'avenir me semblait moins bas de plafond, et même carrément rose clair. Ma vie changeait enfin d'aiguillage. J'étais en route vers les titres suprêmes et les flashs des photographes. J'allais exister dans le regard de l'autre. Je mentirais si je prétendais ne pas y être sensible. Tous les boxeurs d'hier et d'aujourd'hui veulent briller et être vus.

Je reviendrai sur le déroulement de ces deux combats importants, sur la cruauté de l'affrontement et sur ma peur animale à l'idée de monter sur le ring, le 29 octobre 2005, face à Nathalie Toro dans mon fief à Dombasle, et le 2 décembre 2006, face à Myriam Lamare à Paris-Bercy. Eh, quelle blague, vous y croyez, à la boxeuse qui claque des genoux ? À son protège-dents qui danse dans sa bouche ? À sa peau nue qui frissonne d'effroi ? La peur, la douleur, la nudité, le bien et le mal, ce sont des notions qui varient d'une personne à une autre et surtout d'un boxeur à un non-boxeur. Si vous pratiquiez ce sport à un haut niveau, vous sauriez que la peur existe, mais qu'elle n'a pas ce visage-là, et qu'un combat même saignant n'est pas perçu de la même façon sur le ring et depuis les gradins. Il faut accepter de revoir son opinion de départ, si on veut profiter au maximum d'un spectacle de boxe. Il faut dépasser ses préjugés.

Je me souviens avec beaucoup d'amour et d'émotion de ce que ma mère m'a dit au dîner qui suivit le combat à Bercy, dîner organisé dans notre fief.

J'avais tenu à inviter à ma table les bénévoles, les gens de l'ombre, les petites mains qui montent et défont le ring, qui nettoient la salle, etc., ceux qui font tout, mais qui n'existent pas. Contrairement aux décideurs, aux investisseurs, le petit personnel est rarement convié aux réceptions. Et moi, je voulais lui témoigner ma reconnaissance. Une belle table de banquet nous attendait tous, mes proches, Christiane, ma mère, Léna, René, Valérie Hénin, l'amie fidèle, Myriam Chomaz, la sparring-partner et nouvelle amie, et tous ceux qui avaient de près ou de loin participé à mon ascension.

Je planais, je serrais des mains, réalisant à peine que je venais de rafler le titre de championne du monde, détrônant la très courtisée Myriam Lamare.

Avant que nous ne nous mettions à table, ma mère, enfin fière de ma réussite – mais qui n'applaudirait pas une championne du monde – a eu envie de me parler, alors que nous échangions si rarement. Son regard gris s'est teinté de joie, un ciel après la pluie. Elle m'a dit, sur un ton léger : « Ton père aurait été fier de toi, Anne-Sophie. » Il était là, papa, avec nous, présent dans le discours de ma mère, ce qui rendait son absence moins lourde. J'ai souri, dédiant cette victoire à mon père. À René et à ma mère aussi. Mais d'abord à l'absent.

Puis elle a ajouté, après une seconde d'hésitation : « Ton père a fait de la boxe, à Dombasle. Il aurait été doublement fier de ta victoire. »

J'ai frissonné. Mon père, boxeur ? Jamais, de son vivant, il n'y avait eu la moindre allusion à une quelconque passion de la boxe ni à des entraînements. Rien de surprenant à cela, nous nous parlions si peu. Par la suite, ma mère s'était bien gardée de me le dire, peu enthousiaste à l'idée que j'emprunte la même voie. Il avait sans doute pratiqué la boxe loisir, sans autre but que celui de s'amuser et de se payer une bonne montée d'adrénaline. Maman n'a pas su être plus précise. Je sais seulement qu'il s'entraînait à Dombasle, dans mon club : nous avons retrouvé son nom dans les dossiers archivés.

Beaucoup de gens de la région sont venus. Mon père admirait les sportifs, il aurait aimé apprendre que sa fille réussissait dans ce domaine. Sans le savoir, je poursuivais peut-être son rêve, en tout cas son histoire avec la boxe. Il s'en dit des choses dans les silences d'une famille, on dirait que ça passe dans le sang. Mon père boxeur... J'étais sonnée, touchée par un K-O au cœur. Jetée dans les cordes, Anne-So la redoutable. J'aurais tellement aimé le voir sur un ring, le savoir dans mon coin ou sur le banc des invités, écouter ses conseils, partager mon petit monde avec lui. Je le revoyais nouer sa cravate avec application et vérifier sa coiffure dans le miroir pour m'accompagner à la remise des prix. En levant le secret sur la passion de mon père, sur sa boxe, ma mère m'a fait un vrai cadeau, comme si le dialogue amorcé avec lui au soir de ma victoire en athlétisme n'était pas tout à fait rompu. À moins que la vie ne soit plus forte que la mort, qu'elle ait toujours le dernier mot. Traditionnellement, on est boxeur de père en fils.

Cinquième round : mettre la peur K-O

Quelle peur ? Pas celle de monter sur le ring, puisque c'est le nerf de la guerre. Au début oui, mais plus après. Pas avec les années de travail. Peur de ne pas savoir d'où le coup va partir, ça sûrement. Parlons d'appréhension, plutôt. Un coup anticipé fait moins mal qu'un coup par surprise, c'est prouvé. Pour venir à bout de cette fameuse appréhension, chaque entraîneur a ses trucs. René, ancien parachutiste, n'hésite pas à emmener ses boxeurs faire du saut à l'élastique. Parfois, sous un prétexte quelconque, course à faire, virée à vélo, il les met devant le fait accompli, les poste devant une falaise, jouant de leur stupéfaction : « Allez, on se lance. » Il n'y a pas mise en condition plus efficace. Si le boxeur arrive à relever le défi, il ne sera plus ensuite l'objet d'aucun stress. Me concernant, OK pour le karting, la moto, mais rien dans les airs. Ni saut à l'élastique ni deltaplane. Je finirai quand même par céder, pour le deltaplane, qui me semble plus envisageable. Il me faudra affronter ce qui m'effraie.

De quoi aurai-je encore peur, si je vois le monde depuis le ciel sans tourner de l'œil ? Ah si, de l'obscurité, « peur du noir », comme disent les petits. Une terreur qui me vient de l'enfance. On peut être une championne du monde et avoir toujours au fond de soi la petite fille que l'on a été.

En entraînement, la barre est mise si haut que le jour du combat je suis parfaitement d'attaque. Dans le combat libre ou à thème avec les champions maison, ces hommes bâtis comme des camions, j'ai mon lot de difficultés et de douleurs. Évidemment, il y a des règles : ne pas tirer les cheveux, ne pas donner de coups de tête. Les coups à la poitrine sont autorisés en anglaise, le port de coquilles de protection est conseillé mais franchement, c'est plus une gêne qu'autre chose. Il ne faut pas que ce collègue dévoué démolisse l'athlète qui va disputer un championnat. En général, il en est conscient. Mais un homme, s'il ne domine pas par la technique, en rajoutera côté force. Sur le ring, il n'y a ni galanterie ni machisme. Juste deux guépards qui se jaugent et se lancent. Il faut aller vite, penser avec ses poings, car si la pensée transite par le cerveau, on perd des microsecondes. À ce propos, l'entraîneur de Mike Tyson avait inventé une technique : à chaque mouvement ou enchaînement (direct, crochet, direct bras avant et uppercut bras arrière, etc.), il attribuait un chiffre. De façon à ce que Tyson exécute les ordres à la vitesse de la lumière : 1-3-2 ou 5-4 ou 7-2-3.

René, lui, a mis au point un système similaire : on travaille les temps de réaction suivant des signaux lumineux. Rien de tel que ce genre de codes pour perfectionner la vitesse.

Je n'ai jamais reculé, en mettant les gants avec un champion du club, même quand j'ai pris des K-O debout qui m'ont fait l'effet d'un bombardement. La peau s'habitue. J'ai davantage été blessée en entraînement que sur un ring officiel. Une préparation imparable.

Il n'existe plus de mots pour décrire l'intensité des entraînements, mais c'est à cette condition que je peux espérer atteindre mon but. Et j'ai le sens des enjeux.

Matin et soir, des heures de course à pied, de musculation, de saut à la corde, d'exercices devant le miroir, sur les sacs, depuis le long polochon noir rembourré au boudin rouge dur comme du bois, jusqu'à la poire de vitesse pour affiner la coordination œil-main. Travail sous la toise, en ce qui me concerne, à cause de ma grande taille, pour m'habituer à fléchir et avoir le maximum d'explosivité. Travail de sparring avec le mur rembourré sur lequel est dessinée la silhouette de ma future adversaire, pour mieux évaluer sa morphologie en situation. Ajoutées à cela des heures de vrai sparring et des centaines de séances avec l'entraîneur.

Il « donne la leçon », c'est-à-dire qu'il tend des palettes rembourrées contre lesquelles on enchaîne les coups. Une bonne manière de réviser tout ce que l'on a vu.

Impossible de faire l'impasse sur la course, qui n'est vraiment pas ce que je préfère. Mais on ne devient pas un boxeur de haut niveau sans le souffle. Courir est une nécessité absolue pour développer le cardio et optimiser la condition physique. Sans cela, on ne devient pas un champion, même si on est un excellent frappeur ou si on est très technique. Le souffle donne la rapidité et la lucidité nécessaires pour dominer.

René m'a fait escalader des côtes, enchaîner les tours de piste en courant, six cents mètres et encore six cents mètres, été comme hiver. Piste, circuit-training, il alterne au maximum les styles d'exercices, afin d'éviter la lassitude et l'envie de baisser les bras.

Il m'a toujours reconnu de la patience et un bon caractère. Une fois, peinant à courir sur une butte, je suis tombée dans le fossé, manque de chance, en plein dans un tapis d'orties. J'ai râlé pour la forme, mais je suis repartie à la course. Je n'ai jamais perdu de vue que le travail qui m'attend chaque jour avec René est dans mon intérêt. Un travail long et fastidieux, à l'ancienne. Aussi éreintant que celui de Laure

Manaudou. Son entraîneur n'était pas plus clément. Mais bon, qui un boxeur trompe-t-il quand il court sur place ou qu'il câline le sac dès que l'entraîneur a le dos tourné ? Personne, sinon lui-même.

Une grande victoire sur soi-même, c'est d'arriver à perdre les kilos en trop dans le temps imparti. En deux mois, devoir perdre cinq kilos, c'est mon lot habituel. Quand la balance du club annonce une perte de poids, je brame à haute voix : « Ça descend, ça descend », je suis fière et soulagée, dans tous les sens du terme. L'obsession des kilos est omniprésente, comme pour les mannequins. Il faut faire le bon poids sur la balance officielle, sinon on peut être financièrement sanctionné. L'angoisse à l'idée de craquer et de ne pas y arriver persiste. Mais avec l'âge et les effets yoyo, maigrir me semble plus difficile. Même restriction calorique que pour les mannequins avec, en plus, un effort physique dément à fournir. Les vitamines sont là pour donner le coup de fouet qu'un régime strict ne peut pas fournir. Mais parfois, quelques carrés de chocolat ou un cornet de frites me feraient vraiment du bien au moral. Une facture qui arrive, un coup de fil agaçant, et pas même une petite gourmandise pour me consoler.

Je comprends pourquoi les boxeurs en retraite se laissent aller. Ils tirent un trait sur une vie de privations. Mais je suis un bon soldat.

La boxe étant un sport de combat, il n'y a pas de place pour la routine pépère, les états d'âme, le p'tit resto après l'effort, etc. La boxe est dure, à l'image de la vie. Ceux ou celles qui oublient l'ascèse ou qui dérapent dans les excès, alcool, drogue, nuits blanches, vie brouillonne, le paient cher. Leur corps ne suit plus, la boxe est perdue pour eux. La rancœur remplace la combativité. Et sans celle-ci, comment espérer relever des défis ? L'objectif est devant, toujours devant, dit René.

J'ai travaillé, humblement, énormément. Il en faut, de l'agressivité, si l'on veut réussir. C'est elle qui m'a fait me lever le matin, même quand je n'y croyais plus, c'est elle qui m'a fait travailler toujours plus, parce qu'il n'y avait pas d'autre porte de sortie. Il faut avoir faim. Il faut rêver de changement à en mourir. C'est ce qui pousse à revenir suer sang et eau à la salle. L'inquiétude et le feu, René veut voir tout ça chez un futur champion. Tout s'endurcit, au fil du temps, les muscles, la peau, la force de frappe. Femme de fer. Boules d'acier à la place du regard. Nervosité au service du réflexe. Le mental doit suivre. Il ne faut pas penser aux misères quotidiennes : éraflures ou ecchymoses, douleurs articulaires, ligamentaires, musculaires, mains en compote. La douleur est le prix à payer pour faire ce sport et tâcher d'en vivre.

La boxe est aussi l'art d'aller à l'essentiel : s'émouvoir, s'inquiéter pour de vraies raisons, apprendre à rester à sa place et respecter l'autre, collègue ou instructeur ; savoir maîtriser ses émotions ; se relever après un échec, dans la vie comme dans la salle, aux différents postes de travail, sacs de frappe, corde à sauter, shadow boxing, ring, etc. J'ai fait miennes ces valeurs, et j'ai mieux organisé mes pensées.

Travailler sur la peur, ce n'est pas forcément aller vers l'exceptionnel. Le travail que requiert la boxe en lui-même peut suffire à m'effrayer. La somme d'exercices à exécuter, de schémas à répéter, de kilomètres à parcourir dehors, qu'il vente ou que le soleil cogne, il y a de quoi reculer. Pour que je redouble d'efforts, un super-coureur du team Cordier doit me passer devant, sur la piste. Et moi, je dois le rattraper. Je peux toujours courir. Tu parles d'une marathonienne, comme Myriam Chomaz, c'est un vrai lièvre.

J'ai même enfilé la tenue du bûcheron, durant tout un hiver. Joignant l'utile à l'agréable, René demande à ses boxeurs de couper du bois pour ses soirées au coin de l'âtre. Il ne faut pas lui rapporter un panier de brindilles, mais des caisses pleines de bûches qui atténueront la rigueur des mois d'hiver. Tous les matins à 9 heures, par temps froid, me voilà sur le chantier, à lever une masse qui pèse une tonne, une hache des plus rudimentaires, pour abattre, fendre, scier et débiter du bois. Ingrat, lourd, répétitif, engourdissant, un travail de bonhomme ! J'ai pleuré plus d'une fois devant la montagne de bois à abattre. Le mouvement, toujours le même. Le poids de la masse. Mais il suffisait que les oiseaux chantent, que le soleil s'invite ou que la mère de René nous mitonne un repas – je suis gourmande – pour que la fatigue m'oublie un peu et que je retrouve de l'entrain. Aller au bout de ce que l'on a commencé au lieu de reculer, c'est plus gratifiant. C'est ce que j'aime, au fond : ne jamais perdre de vue mes objectifs. En tout cas, ce travail de chien m'a musclée au niveau du dos et des épaules comme aucun autre exercice de renforcement musculaire. C'était l'idée de départ : bétonner mes trapèzes et devenir plus dure à la peine.

Cette année, me préparant pour un combat aux États-Unis, le rêve de ma vie – annulé brutalement quinze jours avant… parlons alors plutôt de la déception de ma vie –, j'ai accepté d'essayer le deltaplane. Cela allait me changer du bûcheronnage. J'avais le ventre noué à cause du décollage. J'imaginais une série d'impressions horribles, vertige, tripes en pagaille, etc. En fin de compte, comme quoi l'angoisse se niche n'importe où, n'importe comment, j'ai découvert tout autre chose. D'abord, le décollage, cela ne m'a rien fait. Ensuite, durant le vol, j'ai éprouvé des sensations nouvelles très plaisantes. Le ciel à portée de main, le paysage vu d'en haut, c'était beau et reposant. Un moment de douceur inoubliable. Non seulement ma peur initiale n'avait rien de fondé, mais encore cette activité m'a enthousiasmée ; la boxe et le deltaplane sont des activités diamétralement opposées au niveau des sensations. Nos terreurs ne reposent sur rien, sinon sur le souvenir d'une peur ou pire, sur un préjugé.

À Dombasle, j'avais du mal à être le chouchou comme j'avais été l'enfant chérie de ma mère ou la boxeuse fétiche de Valérie Hénin au Punch. En anglaise, le chouchou se conjugue au masculin. Mais je donnais à René de solides raisons de croire en moi. Je voulais absolument gagner pour moi, mais aussi pour lui, qu'il soit récompensé : ma notoriété mettrait son travail en lumière.

J'allais m'entraîner une à deux fois par jour. De chez moi à la salle, j'avais une vingtaine de kilomètres à parcourir en voiture. Ma mère gardait Léna de façon à ce que je me consacre à la boxe sans être dévorée de soucis. Mes petits gagne-pain (ceux de crève-la-faim, plutôt), un enfant à charge, un entraînement sportif de haut niveau, le tout en solo, c'était mission impossible. En outre, ma fille, ayant mal vécu la séparation de ses parents, avait la phobie de l'abandon. Elle voyait son père de temps en temps, mais ces entrevues allaient s'estomper rapidement. Bilan : c'étaient des crises sans fin dès que je m'éloignais... et si nous sortions, même ensemble, elle emportait systématiquement tous ses jouets.

Et encore, si elle se sentait en sécurité avec ma mère, ce n'était pas le cas avec une baby-sitter ou une nourrice. J'ai essayé deux ou trois fois de la confier à une autre personne dans le but de soulager maman, mais Léna avait été infernale. Je comprenais ses terreurs, même si celles-ci me déconcertaient, puisqu'il me fallait bien m'absenter. C'était comme ça. J'avais une vie, un objectif, rien ne pouvait m'empêcher de vouloir l'atteindre. J'avais loupé une carrière en athlétisme, ce ne serait pas le même échec avec la boxe, je me l'étais juré. Cela tournait en boucle dans ma tête. Renoncer au noble art pour un boulot plan-plan, me sacrifier sur l'autel de la maternité, non merci. J'ai toujours su intuitivement qu'une bonne mère est d'abord une femme épanouie dans ce qu'elle fait. Pas celle qui risque de dire un jour : « Après tout ce que j'ai fait pour toi ! » Jamais ma mère ne m'a donné son temps ou son amour en me faisant le moindre chantage. Une vraie bonne maman. Peu à peu, j'ai appris à comprendre davantage ma fille. Elle s'est épanouie et assagie. Est-ce en rapport avec sa propre histoire ? Léna est devenue une petite fille attentionnée, très concernée par le bien-être des autres. Elle aime l'amitié vraie et va au-delà des apparences. Léna, ma fille, tu m'épates.

Côté cour, je ne chômais pas non plus. J'ai dû exercer mille métiers jusqu'à ce que les sponsors prennent le relais. Et encore, c'est venu tard, quand j'étais déjà championne d'Europe. Et j'ai dû les chercher, ces sponsors, quand je croyais que tout arriverait simplement, avec les ceintures de championne. J'ai dû faire la publicité de ma boxe et de mon nom dans les soirées consacrées au métier, être VRP de ma propre enseigne. J'avais beau avoir étudié les techniques de vente, comment se constituer une clientèle, comment positionner un produit en tête de gondole, c'est moi qui faisais un peu grise mine à l'idée de devoir battre le tambour et faire mon autopromotion. Plus tard, juré, craché, j'embaucherai quelqu'un dont c'est le métier.

Pour vivre, j'ai fait des ménages et été agent de sécurité en grande surface. Après avoir été ambulancière, j'ai géré la livraison de pièces automobiles, même chose pour des produits de laboratoire médical. J'ai également excellé dans la démonstration d'appareils de fitness lors de foires d'exposition. J'ai fait du porte-à-porte pour vendre des produits de beauté. J'ai assuré l'encadrement de jeunes. Enfin, j'ai nourri des animaux au parc de la Pépinière à Nancy. Il y avait un chimpanzé, Victor, sept fois plus fort qu'un homme, lunatique comme une starlette. Un jour, il démolissait sa cage, le lendemain, il réclamait un bisou. Anne-Sophie Mathis a été la championne du monde des petits boulots de secours ! Elle n'a jamais eu le tournis, elle ne reculait pas devant le travail, ni à la salle ni à la ville. Elle est souvent rentrée le soir dans le cirage, pleurant de fatigue, incapable de rassembler ses idées ou de mettre une jambe devant l'autre. Avec un tel quotidien, il y a de quoi frissonner, non ?

J'ai cette qualité : le courage. J'en ai même à revendre. De la volonté même, et c'est rien de le dire. À une époque, j'ai voulu tenter le concours pour entrer dans la police. Porter l'uniforme, cela m'aurait donné de l'assurance, moi qui en manquais drôlement côté cour. J'étais une forte tête sur le ring, mais je doutais de moi dans la vie.

Lorsqu'il négocie un combat, un entraîneur sait si son protégé est de taille à rivaliser avec l'adversaire qu'on lui propose. Pas de pugiliste-prétexte, spécialement choisi pour valoriser le boxeur de la maison, mais pas non plus de brute épaisse qui le démolira. C'est la règle, normalement.

René ne m'envoie pas à la « boucherie ». Je ne connais donc pas l'inquiétude de me faire démonter sur un ring, puisque l'autre ne sera pas plus terrible que moi. De toute façon, j'ai mon mot à dire, et si je sais l'autre fille plus faible que moi, si c'est une crevette, je n'accepte pas le combat. Cela m'arriva en 2009, on me proposa le Cirque d'Hiver, lieu mythique de la boxe, alors que l'adversaire était 35e au classement mondial en poids super-léger (sur 45). Je suis première ; j'ai donc refusé. Ce combat n'aurait pas été équitable, même si je considère qu'une fille détentrice de sa carte professionnelle de boxe en a forcément la carrure. Mais 35e au classement mondial, cela signifie une boxe sans grand intérêt. Aucune envie de me ridiculiser. Ni que l'on dise de moi : « AS l'a mise au tapis au premier round, facile ! Elle ne prend aucun risque, elle n'a aucun mérite à combattre et battre une boxeuse de troisième zone. »

Un boxeur ou une boxeuse digne de ce nom, très entraîné(e), ne monte donc pas sur le ring la peur au ventre. On a du courage, certes, mais on est entraîné(e) dans ce but. On met son corps en jeu, on peut finir au sol, certes, mais on a complètement intégré ce risque. Si l'on craint quelque chose, c'est bien la défaite. Perdre, c'est tomber dans l'oubli. Du jour au lendemain, pff, on n'est plus personne. Une blessure, un nez cassé, ça se répare. Un échec cuisant, ça vous colle au train pour le reste de votre carrière. C'est la pire des peurs. En boxe, soit vous êtes en haut, soit en bas, il n'y a pas de juste milieu.

Sixième round : changer de destin, mon défi

Le 29 octobre 2005, j'étais chez moi, à Dombasle, le Las Vegas de la Lorraine, selon Jean-Claude Bouttier, en raison des dix réunions de boxe organisées par an. Un clin d'œil au célèbre Mandalay Bay Resort situé à Las Vegas dans le Nevada, qui organise d'innombrables combats, dans son arène omnisports de 12 000 places. Jean-Claude Bouttier, rappelons-le, est un ancien grand champion et également le consultant sportif pour la boxe sur Canal+.

J'adorerais aller à Las Vegas. C'est devenu la ville de la boxe quand celle-ci a déserté New York à la fin des années 1970. La belle Allemande Regina Halmich y est allée.

Contre Nathalie Toro, j'étais fin prête, grâce à une préparation avec les boxeurs amateurs du club et avec des boxeuses émérites venues spécialement pour moi. Préparation haut de gamme, comme jamais.

Le coup au foie, lorsqu'il passe, est imparable. L'uppercut est mon joker et ma signature, comme le Z de Zorro.

Nathalie a la réputation d'avancer et de faire un pressing d'enfer d'entrée de jeu. Elle est droitière. C'est important pour savoir comment se positionner en face d'elle. Avec une gauchère, comme moi je suis droitière, je suis obligée d'inverser mes mouvements. Le bras avant devient alors le bras arrière, etc.

Dans son boléro noir à pampilles et sa jupe-short panthère, la droitière Nathalie a tout l'air d'un matador. Pour moi, une styliste nancéenne a imaginé un ensemble doré. Blonde et toute d'or vêtue, je suis solaire. J'aime, d'une manière générale, le costume de compétition, réduit à sa plus simple expression : brassière, jupe-short, baskets souples et protections. Je veux montrer ce corps affûté, qui laisse pressentir le danger. La mise en scène, c'est la récompense après des mois de souffrance. Je suis fière du résultat. Il y a un côté théâtral sur un ring officiel. Pendant les entraînements, je suis engoncée sous une pile de vêtements pour bien transpirer, sans compter les protections, tels le protège-dents, le casque, les coquilles pour les seins, etc. Tout ça me donne l'air d'un robot. Quasi nu sur le ring de compétition, sans entrave, mon corps n'en est pas moins protégé, puisque mon armure, c'est ma garde, mes deux poings devant mon visage.

C'est un très grand soir, ce 29 octobre 2005 à Dombasle. Le premier championnat d'Europe en boxe féminine professionnelle organisé en France. Nathalie risque de perdre son titre et moi, de l'emporter. À l'issue de la réunion, l'une sera dans la lumière et l'autre plongée dans la nuit. C'est tout ou rien.

On n'a pas tort de comparer la boxe à la tauromachie. Il y a le jeu, la scène, et puis le K-O ou les banderilles. Tout ou rien. Sauf qu'en boxe, on a affaire à deux adultes consentants, et je ne suis pas sûre que l'on demande son avis au taureau, lorsqu'on le fait entrer dans l'arène.

Le public de ma région est là pour m'applaudir. Ce qui représente un réel enjeu pour moi. Il ne faut surtout pas le décevoir. Un car de Belges est venu encourager Nathalie, son héroïne nationale. Au départ, Gaëtan Micallef, son homme de coin et excellent entraîneur, n'était pas chaud pour ce combat.

Nous jouons toutes deux dans la cour des grandes.

Toute ma famille est là. Léna, ma petite fille âgée de quatre ans, est dans le carré VIP, avec ma mère, mon frère et mes fidèles amies. Ma mère, je veux lui montrer de quoi je suis capable et qu'elle me donne enfin raison : je suis faite pour la boxe, oui, j'ai très bien choisi mon métier... Ma fille, elle, ne viendra pas souvent me voir « sur scène », je redoute qu'elle ne soit impressionnée, si jamais j'étais envoyée au tapis. Ce n'est pas un tour de chant... Il y a plus de coups à prendre que de roses à ramasser. Mais une consécration européenne ou mondiale, cela ne se rate pas. Je ne veux pas non plus tenir ma fille à l'écart de ma vie professionnelle. Il vaut mieux voir et savoir une fois pour toutes que nourrir des fantasmes effrayants.

En quittant le vestiaire pour le ring, escortée de René, je fais un peu de spectacle. Oh, juste un peu. Sautillant et donnant du poing dans l'air, mais concentrée à fond, j'affiche un visage fermé, sourd et muet. Je ne veux entendre que les directives de René. Rien d'autre. Ni les applaudissements ni les encouragements, les « Anne-So ! Anne-So ! » lancés comme des confettis.

Le ring, cela signifie la « bague », en anglais. La bague, qui brille sous les feux des projecteurs, me fera-t-elle profiter de son éclat ? Je le désire à en mourir. Ce sera moi, la petite fiancée des rings, je dis oui à cette bague d'un genre un peu spécial. Un ring, une arène, une sorte de cage aussi. Je dis oui, moi qui suis si habituée aux non.

La championne en titre arrive après moi, elle aussi sautillante et jouant des poings, indifférente au reste du monde, déjà dans sa boxe. Nathalie est une guerrière. Elle enjambe fièrement les cordes. Si elle est forte de 14 combats, l'invaincue Nathalie, j'ai à mon actif 10 combats, 9 remportés par K-O et un aux points.

Coup de gong. L'arbitre nous fait ses recommandations : « Pas de coups de tête... Respectez le règlement et que la meilleure gagne. » C'est la ceinture de la fédération EBU que la championne met en jeu. Il me la faut pour atteindre mon objectif : les ceintures mondiales. Nous nous défions du regard comme hier à la pesée, sous les flashs des photographes. Laquelle des deux baissera les yeux ? Ni l'une ni l'autre.

Nos poings se serrent dans les gants. C'est parti pour deux minutes d'affrontement. Nous tournons l'une autour de l'autre, panthères prudentes. Le premier round est un round d'observation. J'ai appris à ne pas tout donner tout de suite. Je ne pense à rien, sauf à lire dans ses yeux les intentions de cette brunette, à deviner si elle va armer, si elle doute. J'avance, et j'arrive à la toucher dès la première reprise. Gagner, en boxe, c'est gagner sur l'adversaire. Elle a du métier, cette fille, et une sacrée frappe. Le combat se révèle vite de type « à toi, à moi », comme on dit. Un combat de gros bras, quoi, sans feinte, ni intrigue, ni coup de théâtre, mais avec le fameux K-O qui plane. Tombera, tombera pas. La différence de taille et de poids se fait sentir. Plus lourde, plus grande, j'ai l'avantage. Il m'est plus facile de tenir l'autre à distance. Nous soufflons, feulons, chargeons, suant à grosses gouttes. Le public hurle, mais ces voix se fondent en une seule voix, sourde et inaudible. On ne peut pas voir et entendre, et je ne suis plus que yeux et poings. Au cinquième round, je baisse de régime, car moi aussi, je me fatigue, et moi aussi, je suis touchée, ma main droite me fait même un mal de chien. À la fin du round suivant, lorsque je regagne mon coin pour la minute de repos et reprendre mes esprits assise sur le tabouret, René me met en garde. Je dois vite reprendre l'ascendant, avec des uppercuts et des pas de côté. Je ne l'écoute pas assez, allant vite à la bagarre... Il me fait boire de l'eau, me masse, puis m'aide à me relever au coup de gong. Je mets ses conseils en pratique au round suivant mais ce sera seulement au neuvième que je collerai un K-O qui laissera Toro au sol. L'arbitre compte 1, 2, 3, etc. Réalisant ma victoire, je me lance dans une roulade sur le ring, oui, une roulade, comme un chat. Je ne vais pas pleurer la défaite de la jeune Belge, son malheur faisant mon bonheur. J'embrasse les hommes de mon coin et des amis boxeurs, savourant les messages de félicitations. Je fonds en larmes, lorsque j'étreins René, car ma victoire est aussi la sienne. Nous avons gagné ensemble. Ce championnat d'Europe est un tremplin vers les sommets. J'ai le sentiment divin du devoir accompli. J'ai gagné ! Moi, la nouvelle championne d'Europe ! Je suis dans le hors-norme total : j'ai boxé à domicile, contre une fille invaincue, après avoir suivi un entraînement de très haut niveau... Jamais de ma vie, je n'ai ressenti – ni ne ressentirai jamais plus – ce vertige délicieux de la grande victoire. Ma première grande victoire. Mon sang circule à fond dans mes veines. Il y a de quoi marcher la tête haute, le cœur super-léger, à l'image de la catégorie dans laquelle je boxe.

Comme cela a été dit aux informations télévisées, « la Dombasloise a pris Toro par les cornes », c'était vache, mais j'en ris encore. Le plus dur était à venir. La prochaine étape, la boxe-corrida, serait avec la reine de l'échiquier : la très courtisée Myriam Lamare. Plusieurs raisons motivaient mon succès : je voulais être la première championne du monde des super-légers dans plusieurs fédérations, la première au monde à unifier les ceintures, la première de la classe, la championne des championnes. Et, une fois n'était pas coutume, j'avouais une arrière-pensée : j'avais horreur des grandes gueules. Mais alors, une sainte horreur.

Dès lors, forte de mon nouveau statut, j'étais invitée sur des plateaux de télévision et la presse quotidienne pensait à moi dans ses pages sportives. On me sollicitait. Je signais des autographes, toujours aussi introvertie, mais un peu plus sûre de moi. René reprit bientôt contact avec Michel Acariès, le poids lourd des promoteurs, celui qui décroche des combats sur la scène internationale. Avant mon statut de championne d'Europe, il ne voulait pas entendre parler de moi. « Elle n'est pas connue, ta fille », disait-il à René, avec son charme du Sud. Maintenant, si, j'étais connue. Et il m'avait vue boxer, à Dombasle, il connaissait mes capacités. Rendez-vous fut pris à Paris pour discuter sérieusement. Nous voulions qu'un combat soit organisé entre Lamare et moi. Il est vrai qu'un combat, ça coûte de l'argent. Ce n'est pas toujours rentable. Et dire qu'un combat féminin, cela intéresse modérément les diffuseurs comme Canal+ ou une chaîne câblée, c'est peu dire. Pas question de miser un radis sur la tête d'une boxeuse. Lors de l'entrevue, le célèbre promoteur se laissa fléchir, puisque les titres mondiaux dans les fédérations WBA et WIBF resteraient chez lui. En effet, je m'engageais à signer un contrat de trois ans avec lui. Ainsi, que Myriam gagne ou que je gagne, les bijoux ne sortiraient pas de la famille, en quelque sorte. Ce titre WBA, Myriam l'avait obtenu en 2004 en battant une Américaine, Eliza Olson. Mais c'était un combat organisé en France. Après être allée dans le Connecticut en 2009 pour affronter Holly Holm, elle était allée dire qu'elle avait été la première Française à combattre aux États-Unis !

Enfin, passons. Il y a des grandes gueules et il y a des gens discrets. Je suis et je resterai une fille de la seconde famille. Je signai mon contrat en chantant (dans ma tête).

La préparation monta en puissance. Je croisais les gants avec les filles de l'équipe de France à Bourges. Je m'entraînais avec Lucia Morelli et Nadia Hokmi à

Lingolsheim, du côté de Strasbourg. Puis je partis avec René une semaine dans un centre d'entraînement à Munich. Pour ne rien changer aux habitudes, je fis le trajet qui séparait la salle de l'hôtel en courant, tandis que René suivait en voiture. En fait de club de boxe, c'était un vrai complexe sportif avec des appareils de musculation dernier cri, des baies vitrées, des rings flambant neufs. En Allemagne, on aimait et on aime toujours la boxe.

Travail au sac, leçons avec René, matchs avec des filles, course à pied, la totale. Technique, cardio, le travail était différent avec chacune des boxeuses. Au niveau de la boxe, j'étais comblée. Sur le plan personnel, c'était l'inverse : une vraie misère. Je ne parlais pas un mot d'allemand. Impossible de regarder la télévision ni de converser avec quiconque. Ce fut alors pour mon entraîneur et moi l'occasion de faire vraiment connaissance. Après les entraînements, René m'emmenait sur les avenues commerçantes découvrir les magasins – mon péché mignon – de vêtements et de disques. Puis nous déjeunions au restaurant. Encore loin de l'échéance du combat avec Myriam, je pouvais m'autoriser les petits plaisirs de la table. Nous discutions comme un père et sa fille. De retour à Dombasle, le quotidien reprit son cours, la tension montait et l'entraînement fut encore plus musclé qu'à Munich. Je tournais en sparring avec une star du club, le champion Tunkay Kaya, un petit qui fonçait comme un avion de chasse. J'eus aussi la chance de travailler avec Cédric Schmit, toujours disponible pour moi. Quinze jours avant le championnat du monde, hélas, je pris un coup de tête qui me mit K-O. Je quittai le ring, le nez tout bleu. Deux semaines avant l'échéance, pas de chance…

À Bercy, la réunion du samedi 2 décembre 2006 mit à l'affiche plusieurs combats, toutes catégories confondues, du poids coq au poids lourd. Myriam et moi étions les seules filles sur la liste.

Au Planet Hollywood, le vendredi 1er à midi, le combat commence, bien avant la pesée. Nous déjeunons dans ce restaurant où a eu lieu la conférence de presse. Mon staff est dos à celui de Myriam Lamare, en meutes ennemies. Je remarque que la boxeuse fait très attention, de peur de ne pas être au poids sur la balance. Elle sort ses Tupperware. Je choisis un plat de pâtes. Je ne suis pas plus sûre de moi, mais je veux la mettre mal à l'aise. Ça marche, si j'en crois son regard devant mon plateau trois étoiles. Je touche à peine aux pâtes, régime oblige, d'ailleurs, j'ai l'estomac noué... Discrètement, je fais glisser l'assiette vide de René à la place de la mienne, comme si j'avais englouti la pasta de bon appétit. Myriam est déstabilisée. J'ai gagné la première manche.

Invincible depuis trois ans, Myriam la Marseillaise. Plus pour longtemps. Je n'en rêve pas, j'y crois. C'est là toute la différence. Ce sera même précisé dans la presse : « La victoire, Anne-Sophie Mathis n'en rêve pas, elle y croit. » Gagner le combat avant le combat, tel était l'état d'esprit d'un grand champion comme Muhammad Ali.

Après ce dîner, René m'emmène en balade sur les Champs-Élysées, pour me changer les idées. À nous, Paris ! Chez un disquaire, nous écoutons de la house, nous admirons les pochettes des CD, nous contemplons les vitrines des boutiques de mode. Nous flânons sur cette avenue mythique une bonne partie de la nuit. René ne regarde pas l'heure, il veut que la soirée soit une récré.

Je me paye le luxe de manger du chocolat blanc, mon préféré. Je pense à tout autre chose qu'au combat à venir. Lorsque nous rentrons à l'hôtel, je m'écroule de sommeil, sans penser que le lendemain soir sera le rendez-vous de ma vie.

Samedi 2 décembre, le temps passe lentement, et le stress monte d'un cran. J'essaie de faire la sieste, en vain. Incapable de fixer mon attention sur un programme télé, je zappe sans cesse. Je ne parle à personne. Mon téléphone portable est éteint depuis quelques jours. En fin d'après-midi, René et moi partons en repérage à Bercy. Un car de supporters nancéens attend déjà devant les guichets. Je les salue de loin, pour ne pas me déconcentrer.

Je veux voir la salle vide et le ring nu.

Muhammad Ali partait toujours en reconnaissance, avant un match. C'est ainsi qu'il voyait des détails : cordes trop tendues à faire détendre pour que ses esquives soient facilitées face à un adversaire surpris d'être empêtré comme dans un filet de pêche ; revêtement du ring trop chauffé ; isolation en liège à ajouter dans ses chaussures de sport.

Je ne note rien de particulier, sinon qu'il fera assurément chaud sous les sunlights. Bercy version jour : pas de musique, pas de jeu de lumières, 17 000 places assises. Six millions de téléspectateurs, la réunion sera retransmise par les télévisions. Je suis très impressionnée. Je monte sur le ring pour me familiariser avec les lieux. Le trac s'installe. Je respire, je ferme les yeux. Ce soir, allons, qu'y aura-t-il de plus ? Des gens. Ce n'est pas la mer à boire. J'essaie de m'en persuader. Je n'en mène pas large.

Mon vestiaire est petit et froid. Les caméras et le champagne sont dans la loge de la championne en titre. Nous n'avions pas prévu un froid pareil ni ce dédale de couloirs à traverser. René se met en quête d'un peignoir pour me couvrir. Il revient avec ce qu'il trouve, un vieux truc de salle de bains en éponge noir et gris. Super !

Avant le moment M, à la signature des bandages, une petite humiliation m'attend. Si l'on suit bien la procédure, au vestiaire, l'entraîneur « fait les mains » de son boxeur, c'est-à-dire qu'il lui bande les mains. Le bandage, porté sous les gants, vise à protéger les os métacarpiens. L'opération prend environ trois quarts d'heure. Ensuite, l'entraîneur de la partie adverse a le droit de superviser le travail avant que les mains bandées du boxeur ne soient signées au feutre par l'arbitre (ainsi, lorsque les gants sont retirés après le combat, on voit bien si les bandages ont été retouchés après l'aval de l'arbitre). C'est une possibilité mais elle n'est pas obligatoire. En revanche, l'équipe sollicitée ne peut refuser de s'y soumettre. Mon équipe n'a pas demandé à regarder les mains de Lamare, mais une personne de son staff est venue superviser les miennes. Une petite pression psychologique, à ajouter aux petites piques dans la presse, mais on s'y attendait. J'étais dans la peau du challenger, que pouvais-je espérer ? L'attention des paparazzi ? Le tapis rouge ? Des banderoles ?

Bruce Valluet, le second de René, est allé voir les bandages de Lamare, sous toutes les coutures. Un prêté pour un rendu. C'est ainsi qu'il a constaté qu'elle était énervée, incendiant tout le monde dans sa superbe loge.

Jean-Claude Bouttier prétend que je ne suis pas de taille pour le grand combat de ce soir. Il ne parie pas sur moi. Peu de gens parient sur moi, du reste. Sur Internet ou dans les clubs de boxe, la rumeur a enflé : Myriam, c'est sûr, gagnera contre moi. Les paris d'argent comme les paris pour l'honneur se sont multipliés.

Ma « boxe en ligne », peut-être simple, moins expérimentée que celle de Myriam, n'en est cependant pas moins terrible. Mon allonge est implacable, si sa musculature à elle est plus impressionnante. Ma volonté n'a pas d'égale, je le sais. Je ferai mentir les pronostics et changer d'avis les grands noms du métier. Il faudra désormais compter avec moi. Beaucoup de VIP sont venus ce soir, des grands noms du show-biz comme du milieu sportif, Laura Flessel, Eunice Barber, etc. À l'affiche, il y a du beau monde, comme Brahim Asloum et Jackson Chanet.

Je m'adapte à l'adversaire, c'est ma carte maîtresse, sur le plan purement technique. Au point que certains m'ont surnommée le « caméléon ». Amusant. Je suis née sous le signe des Gémeaux. Double personnalité, souplesse, adaptabilité. Une boxe lente ralentit la mienne, je n'aime pas ce style ; une boxe dansante à la Muhammad Ali « vole comme un papillon, pique comme une abeille », mais cela m'incite à faire danser les coups de tous côtés.

Le combat se déroule d'une manière étonnante, chacune faisant la démonstration de son style et de son talent. Myriam Lamare a non seulement du métier, on s'en doute, mais aussi une puissance qui force le respect. Moi aussi.

C'est dans un état second que je me bats pendant les premiers rounds. Je cherche la bagarre au lieu de construire. Gagner, gagner, gagner, ces deux syllabes tournent en boucle dans ma tête. Je prends beaucoup de coups. Il faut que je sois très physique face à une telle frappeuse. Malgré la confiance en moi que René s'efforce de m'inculquer, je doute encore. Vais-je tenir ? Je n'entends rien, je ne vois rien, sinon Myriam. René me secoue à la fin de la quatrième reprise. « Travaille avec tes qualités. Tu m'entends, Anne-So ? » Il me secoue, il m'oblige à lui répondre, me ramenant ainsi à la réalité. Dès lors, je deviens plus lucide. Non seulement je vais tenir, mais je vais cette fois frapper à cent pour cent. Les rounds suivants, Myriam a du mal à s'imposer, elle n'arrive pas à me bousculer. Au sixième round, je lis le doute dans les yeux de la championne, elle ruisselle de fatigue. Je reçois des chocs, je saigne du nez. Mais je boxe plus à distance, pour mieux me protéger et économiser mon souffle.

À la pause, l'entraîneur de Myriam la ventile. Dans son coin, l'anxiété est à son maximum. Le round suivant, j'accélère et je pilonne, profitant de sa garde basse et de sa réelle baisse de régime.

Je gagne contre elle au septième round par arrêt de Daniel Talon, l'arbitre, après une lutte particulièrement féroce. Tout Bercy est debout, Myriam Lamare, elle, est carrément sonnée debout. J'aurais volontiers refait un round pour la mettre complètement à terre. Pour gagner par K-O, notre rêve à toutes. Je l'emporte donc avant la limite, par arrêt de l'arbitre. Je suis libérée de toute la tension accumulée, même si je ne réalise pas immédiatement ce qui m'arrive. Championne du monde, tout de même...

Notre combat sera le combat de boxe de la décennie. Le combat féminin du siècle.

Après le contrôle antidopage, où j'ai dû rester deux heures car mon corps épuisé ne voulait rien fournir, à commencer par les urines, j'ai enfin pu quitter Bercy. Quelqu'un m'attendait gentiment depuis deux heures, dans le froid, pour me féliciter : Nathalie Toro. Mon ancienne adversaire venait me dire son admiration. Une fille remarquable, Nathalie. Je n'oublierai jamais sa délicate attention.

Comme convenu avant la réunion, j'ai signé un contrat me liant pour trois ans au promoteur Michel Acariès. Ma carrière est entre de bonnes mains.

J'ai toutes les raisons d'y croire.

Myriam Lamare m'a accordé ce combat du 2 décembre 2006, alors je lui devais une revanche. Mais pour « la belle », c'est-à-dire un troisième match, rien ne le justifiera, alors je refuserai.

Les retrouvailles s'annoncent très chaudes le 29 juin 2007 au Palais des Sports de Marseille, fief de Myriam. Pour une fois, je réponds à ses provocations par presse interposée. Elle conteste le verdict de décembre, elle se trouve des excuses et elle minimise mes capacités. Je grince des dents. Cette fois, je ne la laisse pas fanfaronner. Je dis simplement, confiante et positive : « Il fait beau dans ta tête ? Dans la mienne aussi, même si en Lorraine, il pleut davantage. »

Comme toujours, je mise à fond sur l'entraînement. La rigueur et la logique.

Je pars en Suisse et encore en Allemagne rencontrer des sparring-partners non seulement réputés, mais qui correspondent complètement au style et au gabarit de mon adversaire. Je dispute également des combats de préparation. Seul le travail paie. À nouveau quinze jours avant le combat, en entraînement, je prends un coup qui me déchire la pommette droite. Quelques points de suture sont nécessaires. Blessée, deux semaines avant l'échéance, pas de chance…

Le jour J, dans une salle des sports pleine à craquer, Myriam arrive en premier, puisque c'est elle la challenger. Par la suite, en visionnant le combat, je serai saisie par son expression de papillon affolé, guettant les signes du public. Elle est belle dans sa tenue conçue par une couturière des ballets de Marseille, avec ses petites tresses à l'africaine, elle est belle, mais elle s'éparpille. Elle n'est pas dans son combat. C'est le problème de ceux qui veulent être connus pour être aimés. Moi, je me fiche d'être aimée, je m'en fiche complètement, ce que je veux, c'est que mon travail soit reconnu. Après, elle adoptera un jeu de boxe un peu dansant, défensif, tournant autour de moi à coups de crochets et de directs, s'aventurant dans un registre qui n'est pas le sien, ce qui est toujours risqué. Elle veut éviter les coups, moi, j'évite ses pièges, et je l'use petit à petit, fidèle à mon style rouleau compresseur. Les reprises s'enchaînent, je retrouve un souffle, tandis que Myriam perd le sien. J'aurai le dernier mot. Ça aussi, c'est ma signature : avoir le dernier mot, ajouter le point final.

À la minute de repos, je ne vois et n'écoute que René ; comme d'habitude, celui-ci me passe une outre de glace sur les trapèzes et me rappelle les grands principes : « Garde ta distance, n'attends pas ses coups, travaille avec tes qualités. » Mon entraîneur, contrairement à d'autres, ne cherche pas à me remonter avec une clef, ni à me passer la brosse à reluire, non, il me donne des conseils techniques très précis, ce qui est bien plus précieux. Cela ne signifie pas que je suis à la lettre ses consignes. Dans le feu de l'action, il me faut aussi écouter mon intuition. Je gagne aux points cette fois-ci, c'est-à-dire suivant le verdict des juges à la fin du match. Ce match n'eut pas le piment de celui de Bercy. Cette fois, Myriam boxa contre nature et moi, nouvelle championne, je pris moins le mors aux dents. Avec plus de conviction, j'aurais gagné avant la limite et pas au pointage des juges. Mais pour moi, l'enjeu n'était pas aussi motivant qu'à Bercy.

Là encore, Myriam Lamare et Louis Lavaly, son entraîneur, ont contesté la décision. Je comprends leur déception. Cela ne m'empêcha pas de savourer la confirmation de ma victoire de Bercy. Myriam a été jusqu'à ce jour ma plus belle rencontre sur un ring. Je le dis encore, même si elle me tourna le dos le lendemain, hors d'elle à cause de sa défaite. Que l'on ne fasse pas la fête ensemble, je le comprends à cent pour cent, mais que l'on se fasse la tête ! Il est où, l'esprit sportif ? Tout champion est fait pour être battu un jour ; ce n'est pas de moi, c'est de René. Je retiens la leçon.

Je suis la reine absolue. Je signe de plus en plus d'autographes, je ne peux pas dire que cela me déplaise… Je suis invitée à des tables rondes télévisées. Les questions des journalistes se bousculent, je suis ravie de parler de la boxe féminine, si méconnue, et de mon parcours atypique. J'adore, même. Je suis sur un petit nuage. Mon prochain objectif : combattre à l'étranger. Aller boxer les championnes sur leurs terres : aux États-Unis, Laila Ali, Jacqui Frazier, les filles de Muhammad Ali et de Joe Frazier, les stars de la boxe américaine des années 1970 ; sans oublier les talentueuses Holly Holm ou Duda Yankovich, la Brésilienne d'origine slovaque. Les défier, ces deux-là, j'en fais une priorité. Je souhaite aussi rencontrer Jill Emery et Cecilia Braekhus, une Norvégienne, qui monte en flèche en ce moment. Je veux boxer aux États-Unis, à Las Vegas, là où Mike Tyson et Oscar de la Hoya se sont produits. Quand j'ai une idée en tête, personne ne peut me faire changer d'avis, sauf par de solides arguments. Je suis un petit Tyson. J'ai les poings, moi aussi. Je prétends à des adversaires de taille et à des combats légendaires, dont on parlera longtemps.

Je repense à la rencontre Mike Tyson-Eddie Richardson en novembre 1985. Le second quitta le ring en déclarant : « La dernière fois que j'ai été frappé aussi fort, c'était l'année dernière, quand j'ai été renversé par un camion. » Tyson venait de perdre son entraîneur et père adoptif. Anéanti par la douleur, il s'était surpassé sur le ring.

Septième round : boxeuse et féminine

Quand j'ai commencé l'anglaise, à un rythme très intensif à Dombasle, mes épaules se sont élargies. Le haut de mon corps gagnait du muscle, tandis que le bas restait fin. Forcément, en anglaise, même si la force des jambes et les appuis sont essentiels, tout se joue visuellement au niveau des poings et du torse. Je ne peux pas dire que cela m'ait plu, me muscler du haut comme un bonhomme, avec une carrure, des deltoïdes, des biceps et des triceps qui crevaient les yeux. Je n'avais plus beaucoup de plaisir à m'habiller, au début, aucune envie de mettre le haut en valeur. En maillot de bain, c'était encore pire, impossible de tricher. Ce qui me gênait le plus, c'étaient les commentaires des gens, les messes basses à la piscine : « T'as vu, elle est foutue comme un mec. » C'était rosse parce que je n'avais pas l'air non plus d'une body-buildeuse toute gonflée à l'hélium. Je suis fine, élancée, tout se joue au niveau des bras et des épaules. Une silhouette à l'égyptienne, diraient les gens sympas. Bon, il fallait bien que je me mette en maillot et que j'aille nager à la piscine, c'est bon pour s'affiner et se détendre à la fois. Il n'y avait que les boxeurs pour ne rien remarquer de particulier et continuer à me regarder normalement. Mais avec les années et la célébrité, ma silhouette est devenue agréable à l'œil. Les gens reconnaissent la boxeuse dans la rue, surtout dans ma région. Ils veulent un autographe ou une photo avec moi. Une boxeuse connue, subitement, n'est plus bâtie comme un bonhomme, elle devient belle comme une championne. Pour un peu, ils me diraient : « T'as de beaux muscles, tu sais. » Je sais. Ma démarche a gagné en assurance, épaules en arrière et nuque droite, je marche comme j'avance dans la vie : avec des certitudes et une vision claire de mes objectifs.

Pour ceux qui ne connaissent rien à la boxe, je reste une fille dont on ne peut pas deviner le métier d'emblée. En me croisant dans un train ou au supermarché, qui peut savoir ce que je fais ? Mon visage est indemne. Pas une cicatrice. Pas de boursouflure. Pas de dent manquante. Je n'ai pas non plus le nez dévié, ni les arcades sourcilières qui poussent. Au passage, je ne connais ni boxeur ni boxeuse de ma génération dans cet état-là. Celui qui a des séquelles x ou y a souvent trop de combats et de défaites au compteur, et il n'a pas écouté son entraîneur, quand celui-ci lui conseillait de raccrocher les gants.

Même les anciens, Muhammad Ali, George Foreman, Marcel Cerdan, Georges Carpentier, Jean-Claude Bouttier, n'ont pas une seule griffure. La maladie d'Ali est peut-être liée à la pratique de la boxe, mais c'est un autre débat. Des tas de gens souffrent de la même maladie, sans pour autant avoir jamais approché une salle de boxe.

La relève de la garde, n'en parlons pas : Jean-Marc Mormeck, Mayar Monshipour, Oscar de la Hoya – visage d'ange, « The Golden Boy » –, tous une belle gueule. Les filles aussi sont jolies comme des cœurs : Valérie Hénin, Layla Ali, Belinda Laracuente, Myriam Chomaz, toutes sexy and jazzy ; Regina Halmich, alias « la Déesse de la boxe », Jacqui Frazier, alias « Sister Smoke », sont « belles, belles, belles comme le jour ».

J'ai eu l'arcade sourcilière éclatée, mais c'était dans un accident de voiture. Je me suis cassé la clavicule, mais c'était en athlétisme, quand j'avais treize ans :

sur la ligne d'arrivée, je me suis penchée en avant et suis tombée lourdement, en faisant un roulé-boulé. Les pompiers ont dû m'évacuer sur une civière gonflable.

Rien de tel en dix-huit ans de boxe. Rien de rien, je touche du bois. Mais boxe et féminité sont incompatibles pour beaucoup de gens, parce que ce sport suppose des impacts au visage et des coups de poing au ventre, le fameux berceau de l'humanité. Cela paraît inconcevable. Là aussi, laissons aux femmes la liberté de faire ce qu'elles veulent de leur corps. Je suis boxeuse, et je suis maman. Et ça me réussit.

La boxeuse, on regarde tout de suite son nez. « Tiens, elle n'a pas le nez écrasé, ta copine. » Et ses mains. J'ai de jolies mains, on pourrait penser que je suis manucure ou pianiste. Les hommes, lorsqu'ils s'intéressent à moi, me font ce genre de compliment (ce qu'ils considèrent être un compliment) : « T'es boxeuse ? Tu n'es même pas marquée. » Non, je ne suis pas plus marquée ni moins féminine que mes amies Maud ou Séverine, qui sont loin du monde de la boxe. L'une est agent immobilier, l'autre en recherche d'emploi. Des filles posées, réfléchies, qui ont le cœur sur la main. Elles ont la trentaine, comme moi, alors elles aiment aussi plaire et s'amuser. Cela passe par la coquetterie. Je ne suis pas boxeuse douze mois sur douze. Mais féminine à cent pour cent, oui, tous les jours de l'année. Parce que je suis blonde et pâle, je fais tatouer mes cils et mes sourcils couleur châtain clair, pour la bonne mine. J'y tiens. Avec les entraînements, le maquillage de parfumerie ne tiendrait pas, il coulerait. Alors je me maquille peu. Je me rattrape avec les jolies choses, les jeans repassés, les décolletés, les colliers, les jolis sacs à main. Plus que la marque, ce sont la matière, la couleur ou la forme qui me plaisent. En déplacement, j'aime bien faire les boutiques. J'ai vu pas mal de jeunes filles devenir encore plus féminines dans la vie, une fois qu'elles se sont mises à la boxe. Il n'est pas rare de découvrir leurs mains manucurées, ongles roses ou rouges impeccables, quand elles enlèvent leurs gants. Comme si leur part masculine et agressive s'étant exprimée avec la boxe, elles pouvaient récupérer leur part féminine dans la vie. À elles le lèche-vitrines, à elles le soin apporté à leurs affaires de boxe, petit linge qui sèche dans leur chambre d'hôtel, bonne odeur de savon et d'eau de toilette dans les vestiaires. Mon jogging et mon tee-shirt d'entraînement, je les fais sécher sur les cordes du ring, c'est mon sèche-linge de fortune. La boxeuse tient rarement à copier le boxeur dans ses attitudes et habitudes viriles, voire « homme des bois ». Certaines conduisent une grosse cylindrée, mais comme pas mal de filles dans d'autres milieux, informaticiennes, médecins, profs de gym, etc. Il y a ces bras costauds, c'est vrai. Cela n'empêche pas le débardeur coquin ou le col bateau qui dénudent l'épaule. Regardez les tenniswomen avec leurs avant-bras très travaillés, c'est la marque de leur métier. Boxe, tennis, même style de silhouette.

Ma musculature à moi me vaut de drôles de demandes. C'est un cousin ou une relation qui a besoin de gros bras pour dégommer un ennemi. On voudrait faire appel à moi pour le sale boulot. Eh, chacun ses affaires, je ne suis ni garde du corps ni ennemi public numéro un. J'ai une ligne de conduite, moi, je suis en règle et en paix avec les autres. Ajoutons à cela que, vis-à-vis de la loi, boxeuse de métier, je suis considérée comme étant une arme blanche. Je n'ai donc pas le droit d'utiliser ma boxe dans la vie civile, sauf si je suis moi-même menacée d'une arme (arme blanche comme arme à feu). Dans les rues sombres, malgré ma boxe, je ne suis pas plus rassurée qu'une autre femme. Parce que dans la rue, contrairement à ce qui se passe sur le ring, on le sait, il n'y a ni code de l'honneur ni règle du jeu.

Mes biceps me servent à gagner ma vie et, accessoirement, à monter mes meubles moi-même ou à les changer de place. J'adore acheter des meubles, les déplacer. Cela me donne l'impression d'avoir une nouvelle maison. Mais pour régler mes comptes, je préfère utiliser mon cerveau et ma langue, plutôt que mes bras.

Dans le miroir, j'ai appris à l'aimer, cette carrure. Elle symbolise ma réussite. C'est en partie grâce à elle si je suis championne et si, autre défi de taille, j'arrive à le rester. Mes critères esthétiques ont changé avec les années. La beauté d'une femme, pour moi, c'est l'harmonie, et une sportive est souvent harmonieuse. Elle dégage une image conquérante, altière, fière. Je me plais, sauf quand je dois maigrir en vue d'un combat. J'aime le muscle, pas la maigreur, mais hélas, la maigreur figure dans mon contrat. Plus l'échéance de la réunion approche, plus je suis blafarde et sèche. Plus je fais peur, aussi. Inspirer la terreur, ça fait partie du jeu. On dit d'un boxeur qu'il est rapide, terrifiant, redoutable. Mike Tyson fut surnommé « Iron Mike », « Kid Dynamite », ou encore « The Baddest Man on the Planet » (l'homme le plus mauvais de la planète) ; Jack La Motta, dit le « Taureau du Bronx ». Imaginez un boxeur baptisé « Gants de velours » ou « Punch en mousse ». Ça donne envie de se déplacer pour le voir combattre ? Donc, il faut impressionner, et c'est le minimum que l'on attende d'un spécialiste de la boxe. Cela passe par le muscle saillant, noueux, mais aussi par une silhouette équilibrée. Le corps doit être à la hauteur du titre disputé. Un champion du monde plein de bourrelets n'inspire rien d'autre que des interrogations : que fait-il dans cette catégorie ? Ne serait-il pas plus à sa place chez les sumos ? Un boxeur petit et tout en muscles épais fera plutôt penser à un culbuto. « Sois au poids qui correspond à ta taille, en fonction de ta catégorie » est une devise que je viens d'inventer.

Dans la vie quotidienne, les kilos en moins, ça n'a rien de joli, même si cela peut paraître terrifiant, mais « être belle à faire peur », quel intérêt ? Le corps qui flotte dans le pantalon, le corps tout en tension, sans aucune rondeur féminine. Non, cela ne correspond pas du tout à ma définition de la beauté.

Je n'aime pas ça, maigrir. Question de beauté et de mode de vie. J'aimerais pouvoir atteindre 68 kilos, mon poids de forme, loin des rings, et passer en catégorie welter, entre autres raisons pour ne plus être astreinte à des régimes de famine. Marre du poisson bouilli, envie de kebab et de coca. Il faut souffrir pour être belle ? Pour être une athlète, plutôt. Ce ne sont donc ni la mode ni le narcissisme qui dictent mon poids. Mon corps est un outil de travail, un véhicule. En welter, je me musclerais davantage, ce qui impressionnerait encore plus l'adversaire, mais comme je suis élancée, je garderais une silhouette féminine. En tout cas, je le souhaite… Concilier les deux, élégance et puissance, ça compte beaucoup et pas seulement pour moi. Pour les télés, aussi. On veut à l'écran des boxeuses terrifiantes, mais ultra-féminines. Musclées, mais fines et délicates. D'une beauté naturelle, mais travaillée. Tenue de scène simple, mais spectaculaire. Belle démonstration de boxe, mais à la manière féminine, tout en étant masculine.

Boxeuse, débrouille-toi avec ces injonctions contradictoires. J'ai connu une boxeuse, l'une de mes adversaires, qui avait été la risée des commentateurs à cause de son physique assez hommasse, crâne ras et traits lourds, et de sa boxe pas terrible. Mais pourquoi s'était-on plus attardés sur son physique que sur sa boxe ? Celle que l'on surnomme « Dinamita » était venue combattre, me donner la réplique sur un ring, pas défiler sur un podium de mode. Ce qui comptait pour moi, c'étaient ses poings, pas sa tronche. J'ai étudié son palmarès, elle avait battu des inconnues, il n'y avait rien là-dedans qui pouvait m'impressionner. Alors qu'on m'a beaucoup demandé : « Elle a l'air méchant, la Panaméenne, avez-vous peur, Anne-Sophie ? » L'air méchant à cause de son allure masculine. C'était d'un grotesque achevé. Le physique des hommes sur le ring n'est pas autant étudié au microscope. Il ne fait pas l'objet de blagues ni de moqueries. Ce sont des hommes qui filment les combats, pas des femmes. Si une femme passait derrière la caméra ou le micro, elle s'attacherait sans doute à autre chose qu'à des critères physiques, comme des yeux à fleur de tête ou des jambes courtes. Mais la télévision, c'est d'abord l'image et le spectacle, OK, c'est compris. N'empêche que si moi je filmais ou commentais un match de boxe féminin, c'est sûr, je parlerais à fond de la qualité des boxeuses et de leur valeur technique. Je ne dirais pas « Elles boxent comme des hommes » ou « Elles sont moches », mais elles boxent « comme des guerrières, comme des tigresses », ou « comme des débutantes » si leur prestation n'était pas convaincante. Je serais extrêmement bavarde au sujet de leurs qualités de jeu. Je ferais valoir la spécificité de la boxe féminine, qui n'est ni une sous-boxe ni une copie de la boxe masculine. Nous sommes arrivées dans ce sport avec un état d'esprit, un parcours différents et beaucoup de choses à prouver. Pourquoi de tels préjugés ? Rien d'aussi marqué pour le judo ou le karaté féminins.

En d'autres mots, nous aimerions une égalité de traitement, si nous ne voulons pas d'une seule balise en boxe : le sacro-saint modèle masculin. Lucia Rijkers, originaire des Pays-Bas, ou la Française Nancy Joseph (surnommée « Lady Tyson ») ont une boxe complète, masculine, mais ce style ne saurait faire office de règle universelle. Les autres championnes sont tout autant crédibles avec un genre différent.

Je sais bien que l'homme est toujours numéro 1 pour la Sécurité sociale et dans le cœur de sa femme, mais peut-on imaginer qu'il ne soit pas toujours la valeur de référence ? Si c'était le cas, la boxe féminine décollerait pour de bon.

Je n'ai jamais eu un gros ego, je ne reste pas non plus des heures en contemplation devant le miroir. Je n'ai jamais été comme cela, ni avant ma grossesse, ni pendant, ni après. Monter sur la balance, cela ne m'a jamais intéressée, sauf dans le cadre de mon métier. Mon narcissisme s'est toujours exprimé autrement. Par l'accumulation de titres. Par l'invincibilité. Par la fierté de n'avoir ni dette ni comptes à rendre, à part à mon entraîneur. Je n'ai jamais considéré qu'une fille devait renoncer à des jeux ou, plus tard, à des métiers traditionnellement masculins. En tant qu'individu libre et responsable, je fais des choix en fonction de mes aptitudes et de mes goûts, et pas en fonction de mes caractéristiques biologiques. Je n'ai d'ailleurs pas été élevée comme cela, de façon sectaire. Ni ma mère ni mon père ne m'ont collé des Barbie dans les mains en me disant : « Tu seras cette femme, ma fille. » La femme ne serait-elle qu'intuition et délicatesse, l'homme force et résistance ? À elle les larmes et la fragilité, à lui la poigne et le raisonnement. Quelle blague ! Ça fait longtemps qu'on n'habille plus les filles en rose ni les garçons en bleu.

Lorsque ma grossesse a été confirmée, il y a neuf ans, il n'a plus été question pour moi de musculature, de course à pied, de saut à la corde ou d'assaut. J'ai dû arrêter la boxe pendant deux ans. J'ai pris au sérieux ma mission de future maman, même si, à vingt-quatre ans, je me trouvais un peu jeune pour ce rôle. Grossir, changer de corps, est-ce pénible pour une sportive ?

Cela dépend de la fille que l'on est au départ. Narcissique ou pas. Ma féminité à moi s'est épanouie avec cette expérience.

Pendant neuf mois, j'ai aimé me laisser aller au plaisir de la couvade. La graisse a chassé le muscle, mais cela ne m'a pas dérangée. J'observais les changements sans me focaliser dessus, attendrie par les efforts du corps humain pour s'adapter, se transformer et trouver un bien-être. Ce à quoi nous nous employons tous chaque jour : nous adapter et trouver notre confort.

Et j'ai accouché d'une petite fille. Qui allait plus tard adorer la couleur rose et les Barbie. En grandissant, elle s'est révélée très poupée et dînette, ce qui m'a plongée avec curiosité et délice dans un univers de couleurs bubble-gum, rose, bleu ciel, mauve, de colliers et de tissus moelleux. Elle a bénéficié de ma complicité la plus totale. Peut-être parce que cela n'avait jamais été mon truc auparavant. Notre appartement est devenu définitivement un cocon de filles.

Magda, la fille de Valérie Hénin, et ma fille Léna (toutes deux filles de O.) sont aussi nanas l'une que l'autre. Valérie et moi allons de surprise en surprise. Comment nous, boxeuses, guerrières, indépendantes, avons-nous pu avoir des petites à ce point girlies ?

D'une certaine façon, c'est aussi moi, avec mes gants de boxe, ma passion des bolides, mes parfums et mes houppettes. Qui croit encore qu'une boxeuse est un boxeur manqué ?

Myriam Chomaz, mon amie et boxeuse (aujourd'hui championne du monde WBC par intérim en catégorie super-plume), a cette expression : « Je ne suis pas un garçon manqué, mais une fille réussie. » Sa féminité est plus subtile qu'une féminité à coups de maquillage et autres pièges à mecs. C'est une coulée de cheveux blond cendré, un ventre parfait que dévoile un tee-shirt trop court et une moue enfantine quand elle réfléchit. La force et la douceur réunies, cela devrait être ainsi chez toute femme et chez tout homme. Et l'on dira après que la boxe est un truc de décérébré. Il n'y a pas de sot métier, il n'y a que de sottes gens.

Je tiens à être jolie, mon bien-être passe par là, mais je fuis ce qui fait pin-up. Je n'ai jamais marché dans la combine faite de sourires ravageurs ou de poitrine au balcon.

De toute façon, sur le ring comme dans la vie, ça n'a jamais été mon style. C'est déjà assez difficile de se faire admettre dans un milieu masculin – boxeurs, promoteurs, entraîneurs, commentateurs étant à l'écrasante majorité des hommes. Si, en plus, on sort les froufrous et on fait les yeux de biche, on n'a plus beaucoup de crédibilité. Et moi, j'aime envoyer des messages clairs : je veux être jugée sur mes qualités techniques, pas sur la longueur de ma jupe ni ma bretelle de soutien-gorge. C'est peut-être le raccourci pour se faire remarquer, mais moi, je préfère avancer lentement et aboutir à la reconnaissance de mon travail. Il ne devrait pas y avoir d'autre critère de sélection : le travail et le talent. Sur le ring, je suis d'abord une boxeuse, avant d'être une femme. Je ne me comporterai jamais autrement, autant le savoir. Regina Halmich a posé nue dans Playboy, en dentelles sur un ring, il faut bien dire qu'elle a un physique d'actrice. Au lieu de poser en brassière de sport, elle s'est pavanée en soutien-gorge noir. Les flashes des photographes ont crépité. C'est sa façon à elle de promouvoir son image, la boxe féminine ne suffisant pas à attirer les projecteurs.

Telle autre championne joue les starlettes sur son site Internet alors que, contrairement à Regina, dans la vie, elle serait plutôt jean-baskets. On voit bien qu'elle est à contre-emploi. Ça les regarde, l'une et l'autre, mais je trouve que tout cela n'élève pas le débat et n'aide pas à la valorisation de la boxe féminine. Pour exister dans un sport, surtout un sport traditionnellement masculin, il faut prouver ses capacités, point final. Qui nous demande de jouer aux poulettes ? Personne ! C'est l'athlète qu'on doit venir voir et juger. Les boxeuses d'aujourd'hui et de demain doivent se faire la place qui leur revient de droit, sans tomber dans un piège vieux comme la sérénade sous le balcon. La boxe de charme n'annonce rien d'autre que la nouvelle ère de la femme-objet. Et si les filles ont choisi la boxe, c'est souvent pour refuser ce rôle-là. Ce qui s'assortit parfois du rejet total des cadeaux associés à la féminité : le bouquet de fleurs, la bague, etc.

À l'épreuve de la pesée, bien coiffées, bien maquillées, les cheveux tressés à l'africaine, parées d'un joli maillot de bain, on ne doit pas se croire à une prise de vues pour un calendrier de charme. Bien sûr que cela compte, le show, l'exhibition de nos corps surentraînés en petite tenue sous les flashs des photographes. Mais c'est surtout une séquence « échange de regards noirs » avec l'adversaire. J'ai déjà gagné une bataille, sinon la guerre, quand l'adversaire baisse les yeux à la pesée. Le combat commence là. Il y a un monde entre nos corps qui prennent la pose académique et nos regards qui mettent en joue. Ce n'est rien à côté des invectives que se lançaient autrefois les champions, c'étaient des directs et des jabs à coups d'insultes et de jeux de mots assassins, Ali étant le champion toutes catégories à ce jeu-là. Aujourd'hui, on se tait, surtout moi, la fille de Lorraine, froide et secrète. On se tait, mais on n'en pense pas moins, à coups de regards empoisonnés. Est-ce cette violence palpable que le public trouve sexy ? Malgré la pose, malgré nos silhouettes affûtées et nos bikinis, on est quand même loin des photos de pin-up pour cabine de camionneurs.

Peu de filles, dans la boxe, dans un club de boxe, ça veut dire beaucoup de drague. Réflexion faite, s'il y avait beaucoup de filles, ça reviendrait au même : il y aurait de la drague de toute façon. D'une manière générale, les entraîneurs ne détestent pas faire les beaux. Le mieux, si l'on n'est pas intéressée, c'est de mettre une distance dès le début et de ne pas faire sa belle. Après ce qui m'est arrivé avec le père de ma fille, je me suis juré de ne plus mélanger vie privée et vie de ring. Je suis là pour bosser et boxer, et cela crève les yeux. À un niveau de compétition, c'est encore plus simple. Quand bien même un champion voudrait lancer des œillades à une championne, il faudrait qu'il se lève de bonne heure. En entraînement, on n'a pas une minute à soi ni même trente secondes, d'ailleurs. La minuterie est activée sitôt qu'on se met en tenue. Pour économiser du temps sur le temps, des fontaines sont installées dans le club de façon à ce que l'on puisse se désaltérer sans avoir besoin de retirer les gants. Boire un coup à la bouteille assis dans un coin et conter fleurette, ce sera dans une autre vie.

Ce n'est pas si compliqué de tenir les autres à distance. La tenue de boxe, pour commencer, n'a rien d'affriolant : jogging, tee-shirt, protège-dents et transpiration. Ni les femmes ni les hommes ne sont au mieux, comme ils le seraient dans une salle de fitness chic. Pas de concours de beauté, en boxe. Pour tout dire, c'est drôlement agréable un lieu où l'on ne prête pas attention au look de l'autre, ni à son âge, ni à ses éventuels défauts physiques. C'est surtout vrai en boxe loisir, où il n'y a pas d'enjeu. On y vient pour se faire plaisir ou pour développer sa force, pas pour écraser son prochain, même s'il y est question de poings et de coups. C'est vraiment un sport où les concours d'ego et de frime sont priés de rester dehors.

Il y a bien des aspirants boxeurs ou simplement des fans qui viennent poser une question ou faire un compliment. C'est aussi le boulot du champion ou de la championne de mettre un peu de sympathie dans les échanges et la vie du club. Mais j'avoue que ce n'est pas mon fort. Et puis, après la douche, c'est l'heure pour moi de rentrer à la maison pour mettre ma fille au lit. Eh oui, Léna m'accompagne souvent aux entraînements qui ont lieu en fin de journée. Ce n'est sûrement pas l'idéal pour une petite fille de finir ses devoirs ou son goûter dans le bureau du secrétariat ou sur un banc à côté des sacs de frappe. Il y a de quoi s'ennuyer. Mais étant une maman célibataire, et en plus assez désargentée, je suis obligée de faire appel au système D : une copine de classe invite Léna à dormir chez elle ou alors, ma fille vient avec moi à la boxe. L'hiver, quand il neige, qu'on mange nos hamburgers dans la voiture, tandis que je conduis, chauffage à fond, nos soirées tiennent du rodéo. Ce n'est pas l'idéal, mais c'est comme ça. Toutes les mamans du monde jonglent avec leurs horaires et leur vie de mère et de femme active. A fortiori, les mamans célibataires. Pour ma part, j'ai la chance de pouvoir venir chercher ma fille à midi pour déjeuner à la maison – sauf quand je suis en période de préparation de combat – et en fin d'après-midi, après la classe.

Nous faisons ses devoirs ensemble, nous allons au parc, etc. Les mamans n'ont pas toutes cette liberté ni cette chance. Chaque situation a ses avantages. Qui peut avoir un boulot et attendre ses enfants à 16 h 30 ? Ma vie professionnelle a des avantages et des inconvénients. En tout cas, elle ne me laisse guère le loisir de répondre à des propositions galantes, autant dire qu'il n'y a pas beaucoup de place pour un homme.

Cela ne veut pas dire pour autant qu'il n'y a eu personne dans ma vie de mère seule. Mais ma carrière de boxeuse et mon statut de championne ne facilitent pas l'entreprise amoureuse. D'abord, je ne me sens pas à l'aise avec quelqu'un qui est ébloui par mes titres. Si c'est ce qui plaît chez moi, WBA, UBC, etc., je peux offrir le café, ouvrir la porte du meuble vitré dans lequel sont rangées les fameuses ceintures et laisser la personne déclarer sa flamme aux trophées. Je suis une fille gentille, j'ai le sens de l'hospitalité, mais je ne suis pas aveugle. Et je préfère que l'on m'aime pour moi-même. Celui qui dit « La boxe, ce n'est pas féminin » ira paradoxalement se vanter de me connaître, si je passe à la télé ou dans les pages sportives d'un journal. Comme je suis championne, les hommes me reconnaissent volontiers « un sacré courage », tout en relativisant : « Pour une mère de famille, la boxe, ce n'est pas l'idéal. » Qui est bizarre ? Eux ou moi ?

Quelqu'un a compté dans ma vie. Christian. Nous nous sommes rencontrés en Guyane, pour un combat, il y a quelques années. Investisseur, il possédait une enseigne où était organisée la pesée. C'est l'histoire d'un coup de foudre non partagé. Mais en boxe comme en amour ou en amitié, je suis un diesel. Au fil du séjour, j'ai été charmée par sa gentillesse, sa disponibilité et sa délicatesse. J'ai d'abord aimé le contexte (détente en Guadeloupe où il possédait une maison, un cercle amical agréable) avant d'aimer la personne. Puis je suis rentrée en Europe. La distance nous a aidés à tisser un lien, grâce au téléphone. Il est venu à Nancy. Je suis retournée en Guadeloupe, cette fois avec Léna. Pour la première fois, je présentais un homme à ma fille. Il était gentil avec elle sans jouer au père. Ce n'est pas l'éloignement géographique qui a provoqué la rupture quelques mois plus tard, mais mon manque de conviction. D'abord, je pensais qu'il pouvait séduire toutes les filles de la terre, des actrices, des mannequins, des professeurs de philosophie, des cosmonautes, alors pourquoi moi ? Pourquoi une boxeuse ? Une fille qui n'a pas beaucoup d'argent ? Une maman célibataire ? Pourquoi se disait-il amoureux d'une fille comme moi ? Je n'arrivais pas à chasser cette idée. Un de ces jours, il allait se réveiller et me quitter. C'est entendu, cela montre bien que je manque de confiance en moi. Je me sens toujours petite, y compris dans un sport qui m'a faite grande.

J'aimais bien être avec Christian, mais je ne me voyais pas aller plus loin. D'abord à cause de mes doutes, puis quand il m'a demandé d'aller m'installer en Guadeloupe et de choisir en quelque sorte entre la boxe et lui. Autant me demander de renier tout ce que j'avais vécu jusqu'alors et ce pour quoi je m'étais tant battue. Ça, ce n'est pas possible. Autant me donner un coup sur la nuque. En plus, je ne veux pas dépendre financièrement d'un homme. Je préfère compter sur moi-même. Il n'était pas non plus question pour moi de bâtir encore une histoire sur un malentendu ou sur un sacrifice, comme avec le père de Léna. Je n'ai bientôt plus aimé le contexte (obligation de choisir, abandonner Nancy et la boxe) avant de me détacher de la personne. C'est ainsi que cette jolie histoire a pris fin. Mais nous nous donnons des nouvelles de temps en temps. J'aime bien Christian. Il a compté pour moi. Et visiblement, c'est réciproque. Riche de cette expérience positive, de cette capacité à aimer à nouveau depuis O., je me sens au début de ma vie personnelle. Comme je me suis sentie au début de ma carrière de boxeuse, lorsque je suis devenue championne du monde. Un titre mondial, pour moi, c'était le début d'une carrière, pas une fin en soi. Il n'y a pas d'âge pour se réjouir d'être au début de quelque chose, n'est-ce pas ? Surtout à une époque où l'on ne valorise pas beaucoup l'expérience. J'aime bien avancer dans la vie, ce qui signifie obligatoirement avancer en âge.

Huitième round : exister dans ce monde d'hommes

On est boxeur de père en fils, les trois quarts du temps. S'il y a déjà eu des champions de père en fils du nom de Mathis, il ne s'agit ni de mon père ni de moi-même. Et pourtant, je suis bien la fille de mon père, sinon son fils.

Il y a eu un Noir américain nommé Buster Mathis et plus tard, son fils Buster Mathis Jr. Le premier a été boxeur amateur catégorie poids lourd, puis boxeur professionnel dans les années 1950-1960. Sélectionné pour les JO de Tokyo en 1964, il n'a pas pu s'y rendre à cause d'une blessure. Mais il a eu plus tard l'honneur de monter sur le ring avec des stars comme Joe Frazier ou Muhammad Ali. En 1968, il a été mis K-O par Frazier au onzième round et en 1971, il a perdu aux points contre Ali. Palmarès honorable : 30 combats (21 victoires par K-O et 4 défaites). Son fils, Buster Mathis Jr., est devenu boxeur professionnel à son tour. À vingt-six ans, il a été le challenger de Mike Tyson en 1995, et même si le champion incontesté l'a mis K-O à la troisième reprise, il a su honorer la parole donnée à son père. Sur son lit de mort, ce dernier lui avait déclaré avant le fameux combat : « N'aie jamais peur de Mike Tyson. »

Tel père, tel fils. Et tel père, telle fille : comme mon père qui voulait faire de ses mandarins des oiseaux apprivoisés et qui y est (presque) arrivé, j'ai, moi aussi, gagné un pari : devenir la reine des rings.

Anne-Sophie ne sera pas la première à inscrire le nom de Mathis dans les annales de la boxe, mais la première boxeuse de ce nom-là.

J'ai choisi un métier masculin, comme d'autres filles veulent devenir pilote de chasse, cosmonaute ou chauffeur routier. À ce propos, j'ai entendu parler d'une jeune Canadienne qui sillonne le Québec à bord d'un 33 tonnes, transportant des pièces pour l'industrie automobile. Elle passe sa vie dans son camion, connectée au monde grâce à la radio satellite. Son mari fait la même chose au volant d'un autre truck. Inutile de dire que, mari dans le périmètre ou pas, sa vie est semée de peaux de banane. Ses collègues ne supportent pas qu'une femme marche sur leurs plates-bandes professionnelles (sauf en photo coquine collée dans la cabine du bahut), surtout si en plus, elle a le toupet d'être mariée et de refuser leurs avances.

Dans mon petit monde, les filles s'y font tout aussi rares, mais leurs collègues boxeurs leur fichent globalement une paix royale. Passé l'épreuve du feu – mise en quarantaine, gentille drague, méfiance quant à sa boxe –, elle est admise dans le cercle. On oublie jusqu'au fait qu'elle est une fille. Comme s'il n'y avait qu'un numéro ou une catégorie de poids derrière les gants. Nous n'allons pas nous en plaindre, puisque c'est sur notre talent que nous voulons être jugées. Il y a bien des champions qui crient au scandale, la boxe et les filles, ce serait pour eux comme une erreur de la nature, prenant comme exemple leur propre mère : est-ce qu'elle met les gants, leur mère, hum ? Non. Alors voilà, c'est bien la preuve. La preuve de quoi ? Que le tricot et les fourneaux, ça nous irait mieux. Excepté ces réflexions d'un autre siècle, on nous laisse nous consacrer à cette passion. Rares aujourd'hui sont les entraîneurs réticents. Ils savent qu'on a de l'énergie et de la combativité à revendre. Que l'on rechigne moins à manger des haricots verts à la place des frites. Que l'on est moins que les hommes le nez dans le miroir à contempler des victoires qui ne sont parfois que des gloires passées. Qu'on a moins la folie des grandeurs. Trop de bonshommes jouent aux gros champions en salle et sur le ring de compétition, pff, alors qu'il n'y a plus personne. Nous, nous gardons davantage les pieds sur terre, nous avons la victoire moins tonitruante, nous savons que nous avons toujours tout à prouver. Si un match féminin n'est pas terrible, il peut être dit et écrit, comme cela l'a déjà été : « Une femme est faite pour l'homme, pas pour des sports d'hommes. » Eh oui, on en est là.

Enfin, l'on sait mieux mener de front plusieurs vies : vie privée, vie professionnelle, vie de boxeuse et éventuellement, vie de parent. Nous avons des atouts, même si nous n'avons pas leur parcours. Quand nous avons commencé à quinze ou à vingt ans, le plus souvent en boxe pieds-poings avant de venir à l'anglaise, les hommes, eux, pratiquaient ce sport depuis l'enfance, ayant fait de la boxe éducative. Ils étaient encore mioches qu'ils enfilaient déjà des gants. Concrètement, un boxeur qui a la vingtaine s'entraîne bien souvent depuis qu'il a huit-neuf ans. Les filles de ma génération, non. Nous avons commencé bien plus tard et sommes entrées par une autre porte : boxe pieds-poings, pour la plupart. Cela ne fait pas des filles de moins bons pugilistes, mais il est vrai que nous sommes moins expérimentées, que nous allons à la bagarre quand il faudrait davantage construire un combat. Ce n'est pas une question de génétique, mais d'éducation sportive.

Un beau match, c'est une entrée en matière, une construction de l'intrigue, un dénouement et une conclusion. Pour cela, il faut aussi compter sur le talent de l'arbitre, car sur un ring, on est trois : deux boxeurs et un arbitre. S'il passe son temps à séparer les pugilistes, ces derniers auront du mal à construire quoi que ce soit, et le public s'ennuiera. Mais s'il intervient à bon escient, le match se construira. J'ai eu la chance de tomber sur d'excellents arbitres.

Dans tous les cas, il ne faut pas oublier qu'il y a seulement dix ans, les femmes n'avaient pas le droit en France de faire des combats. Notre boxe est un continent neuf. Mais c'est avec eux, nos collègues masculins, que nous avancerons, pas contre eux. C'est avec les boxeurs que nous imposerons mieux la boxe féminine. Avec leur concours. L'union fait la force.

Il ne s'agit pas de dresser deux mondes l'un contre l'autre, au fond nous visons la même chose : l'excellence, à travers l'amour de ce métier.

S'il y a bien une féminisation du noble art, elle reste faible. À un niveau professionnel, on représente 2 % des effectifs (10 filles pour 400 licenciés). Mais c'est mieux qu'en l'an 2000, où il n'y avait qu'une boxeuse professionnelle : Nancy Joseph. On ne pèse toujours pas lourd, puisque peu de combats sont organisés pour nous, nos bourses (rétributions pour un match) sont révisées à la baisse, les gains de la championne étant dix fois inférieurs à ceux du champion (qui gagne entre 200 000 et 300 000 euros), mais bon, l'inégalité de rémunération, c'est encore une autre histoire.

Que l'on ne s'y trompe pas, et c'est pourquoi nous avons intérêt à être solidaires : les boxeurs hommes font les frais des mêmes préjugés (le boxeur est bête, la boxe est une activité sanguinaire) et du même manque de respect de la part de l'opinion publique comme des décideurs. Ils ont beau être des hommes dans un milieu d'hommes, il y a toujours quelqu'un pour dire « Celui-ci, je l'ai sorti du ruisseau », alors qu'un décideur sans son catalogue de boxeurs n'a plus de raison d'être. Ce fameux boxeur-sorti-du-ruisseau existait déjà avant leur alliance. Il n'était pas un chien errant. S'il a intéressé un promoteur, par exemple, c'est bien qu'il avait déjà du métier, du mérite et des titres. La notion de respect mutuel est fondamentale. Jamais on n'entendra un entraîneur manifester du mépris envers ses boxeurs. Ils forment une équipe.

Peut-on le leur reprocher ? Certains champions sont partis en claquant la porte, celle de leur promoteur ou celle de leur pays. Untel a quitté Paris et s'est envolé pour les États-Unis, pour signer avec l'illustre Don King. Ce n'est pas par caprice ni par folie des grandeurs si certains, tels Mayar Monshipour ou les frères Klitschko et récemment Jean-Marc Mormeck, ont monté leur propre structure promotionnelle, au risque de se tromper, mais au moins ils se sont lancés. Sans parler d'Oscar de la Hoya, qui s'est même rapproché de la chaîne américaine HBO, créant ainsi un système de monopole.

Ils en ont assez de la manière dont on s'adresse à eux. Assez que l'on ne les associe pas aux décisions qui les concernent. Assez d'être mis à l'écart des discussions. Assez de ne pas savoir où va l'argent. Fini le temps où le boxeur signait d'une croix son contrat, comme l'esclave affranchi, les actes officiels.

Le ton paternaliste, bise par-ci, main sur l'épaule par-là ou le ton méprisant. À coups d'informations passées sous silence, on ne vous dit rien, pas même le nom de l'adversaire ni le montant de la bourse avant un match. Si c'est annulé, silence.

Cela m'arrivera en mai 2009. Je m'entraînais depuis deux mois en vue d'une réunion magnifique organisée dans le Connecticut, au Foxwoods Resort Casino, je devais défendre mon titre WBA contre Jill Emery, 11 combats, 9 victoires, 2 défaites. J'étais dopée à l'adrénaline, au bonheur, à la réussite. Je mettais les bouchées doubles côté entraînement. J'avais annoncé la date si fièrement sur mon blog et à mes amis sur Facebook. Ils me connaissent aux États-Unis, mais ils ne m'ont encore jamais vue. Ils ne vont pas en croire leurs yeux.

Je suis allée en Floride. Miami, the beach, les palmiers, les villas, les limousines, le soleil de plomb... Pour nous récompenser après ma victoire contre Lamare, mon promoteur nous avait offert ce stage. La Floride ! Les États-Unis, c'est déjà la démesure, mais alors la Floride ! Nous étions reçus chez un ami de Michel, à Miami Beach, l'île des milliardaires. Un déluge de luxe. Même la poste a des airs bling-bling. Ça nous changeait de la Lorraine. Nous avions le personnel de la propriété à notre service, mais ni René ni moi n'avons jamais rien demandé, préférant faire nos courses ou nos lessives nous-mêmes, comme d'habitude. On ne change pas une équipe qui gagne.

Chaque matin, je me farcissais en courant deux tours de l'île, d'une superficie de 48 km^2. René suivait en trottinette. Qu'est-ce que j'ai ri, quand il a freiné dans les graviers et s'est payé un vol plané ! J'ai rarement autant ri, pardon René.

La salle de boxe (en fait de salles, ce sont des hangars aménagés) nous occupait une bonne partie de la journée. Pour montrer aux gens que les p'tits Français n'étaient pas des riquiquis, René a cru bon de forcer sur la dose et de me tendre la patte d'ours un peu haut. Résultat, je l'ai prise en pleine poire. Un peu remontée, j'ai voulu à mon tour montrer de quoi j'étais capable. Un uppercut a atterri sur sa mâchoire. Mandibule déplacée. René ne m'en a pas tenu rigueur. Il l'avait un peu cherché.

Le soir, dans notre belle Chrysler, nous allions nous balader à Miami. Un vrai téléfilm. Les bars animés toute la nuit à grand renfort de go-go dancers et de magiciens nous tentaient bien, mais malgré la générosité de Michel Acariès, nous préférions surveiller nos dépenses. Nous n'avions pas les moyens de vivre à l'heure de Miami... Qu'importe ! À Orlando, j'ai pu assister à un match extraordinaire et m'entraîner dans la salle de la célèbre championne Christy Martin. Mon seul regret : ne pas avoir vu à New York les salles mythiques des grands champions.

Je n'étais encore jamais allée aux États-Unis dans le cadre d'un match. J'en rêvais depuis si longtemps !

Quinze jours avant le combat de mai 2009, je trouvai ce billet dans mon casier : « Combat annulé ».

Même mon entraîneur, chargé de me le dire, avait manqué de mots pour me l'annoncer de vive voix, alors il m'avait laissé une note. Lui-même était si estomaqué, un direct en plein cœur. J'ai relu dix fois le mot, pour une fois j'aurais aimé ne savoir ni lire ni écrire, être vraiment une imbécile de boxeuse qui cogne et ne pense pas. Nous nous sommes regardés, René et moi, dans le même bateau, incapables de croire qu'on avait fait tout ça pour rien : l'entraînement de fous, l'histoire de l'échiquier, les plans tirés sur la comète. J'ai machinalement rangé mes petites affaires et suis sortie à pas lents de la salle, assommée, vidée, essayant de me repasser le film pour voir l'instant précis où la bande avait sauté. J'ai voulu savoir ce qui s'était passé, obtenant sans difficulté un rendez-vous à Paris avec mon promoteur. La réponse a été : « Réunion annulée. Plusieurs boxeurs sont concernés, pas seulement toi. Les combats féminins ne sont pas rentables. »

Sans doute l'annulation de la réunion était-elle due à une question d'argent. Les interlocuteurs de la partie adverse n'ont pas été bavards, semble-t-il.

À la place des États-Unis, mon promoteur a tenté de m'envoyer au Portugal : combat annulé lui aussi. À la fin, c'est moi qui ai refusé un combat à Paris. Mal payé, pas équitable, il visait à me donner pour adversaire une boxeuse de troisième zone. Ma colère a été à la mesure de ma tristesse. J'ai dit ce que je pensais de tout cela, tout haut, trop fort, n'écoutant que ma douleur et ma profonde déception. Je n'aurais pas dû, mais j'étais mal, très mal. Par la suite, mon nom n'a pas été retenu pour un combat au Cannet, sur la Côte d'Azur. Brahim Asloum était à l'affiche, parmi d'autres stars. Je connaissais Le Cannet, j'y avais rencontré l'Anglaise Jane Couch en décembre 2007. Elle était en fin de carrière, moi en pleine forme : K-O au deuxième round. Personne avant moi ne l'avait encore mise au tapis avant la limite. Michel Acariès m'avait félicitée. Cela m'avait fait chaud au cœur. Mais en 2009, ni États-Unis, ni Portugal, ni Cannet !

Le drapeau de ma forme a commencé à se mettre en berne. J'avais salement mal au dos, ça ne s'est pas arrangé. On est plus vulnérable quand on est déprimé, et j'étais salement déprimée après tout cela. Je n'étais pas montée sur un ring de compétition depuis de longs mois, faute de réunion maintenue ou de pugiliste à la hauteur. Sans compter certaines blessures qui m'ont empêchée de répondre présent, quand l'occasion s'était présentée ! Après, la santé s'en est vraiment mêlée. Mon mal de dos a rapidement évolué en sciatique avec repos obligatoire, médicaments, infiltrations, douleur aiguë. Il n'y a pas que le sport de haut niveau qui provoque des maux de dos. Il y a aussi les mauvaises nouvelles. J'ai rarement été touchée au corps comme ces fois-là. Et j'en aurais pour des mois de convalescence. Le dos, ça ne rigole pas.

Je boxe bien, je rapporte des ceintures, je suis un bon soldat, alors ? Plus je progresse, moins je boxe. Il n'y a pas que la pénurie de boxeuses. Que l'on m'explique pourquoi, par exemple, toutes les boxeuses ont rencontré l'Américaine Holly Holm qui boxe en welter, toutes, sauf moi ? ! Je peux monter en welter. Je souhaite ardemment rencontrer cette fille. Je l'ai dit et je le redis. Si ça ne s'est pas encore fait, ce n'est pas uniquement parce que j'ai un palmarès impressionnant et que Holly Holm imagine qu'elle va perdre. Il y a derrière tout cela une question d'argent.

La boxe reste plus un business qu'un sport... Une fille peut d'ailleurs demander une somme exorbitante, ce qui est une manière de refuser sans perdre la face. Mais moi, je suis prête à prendre des risques, quitte à repartir de zéro. J'ai ma boxe pour moi. Je ne me cramponne pas à mes titres. La rage de gagner, c'est dans mon code génétique. Si je n'étais pas faite de cette trempe, je ne serais pas championne du monde.

Avec un promoteur, on signe un contrat, lequel indique entre autres le nombre de combats par an et les modalités concernant la rétribution. Le promoteur a le devoir de faire boxer un champion régulièrement, car celui-ci doit remettre ses ceintures en jeu tous les six mois. L'idéal, bien sûr, est que ledit promoteur accepte de payer pour la mise en jeu de toutes les ceintures du boxeur. Cela a évidemment un coût qu'il n'est pas toujours obligé d'engager. Ce faisant, il évite au boxeur le pire : les perdre, parce qu'il n'a pas eu l'occasion de les défendre. Mais le jour où un promoteur pensera aux intérêts du boxeur, les poules auront des gants. Le promoteur a une stratégie à court terme. Si j'avais pu jouer toutes mes ceintures face à Belinda Laracuente, aucune ne m'aurait été confisquée en 2009, comme cela a été le cas.

Je ne veux pas mettre de l'affectif dans les histoires de contrat. À tout mélanger, on défend mal ses propres intérêts. Je ne veux pas non plus blesser quiconque. J'accuse la chance, souvent absente l'année dernière. J'ai en bouche le goût saumâtre de la mission ratée.

Le ruisseau, la belle âme qui retombe dans le ruisseau, moi aussi, j'allais ramasser cette image dévalorisante ? Moi aussi, j'allais être vue comme une pauvre chose ? J'allais perdre jusqu'à ma dignité ? J'avais envie d'en finir, moi qui suis la première des battantes et des optimistes. Envie de me coucher sur le bas-côté et d'attendre la fin du monde, comme quelqu'un qui tire sur la nappe et fait tomber avec le souper, la vaisselle, le sel, le poivre, l'eau, le vin, le pain, et la promesse d'un moment de joie entre proches. Boxe et tais-toi ?

Je veux affronter les plus grandes, les meilleures, quitte à faire des concessions au niveau de l'argent, je ne veux pas des terreurs à la manque que l'on essaie de me mettre en face, parce qu'il faut bien me donner un biscuit. Je ne m'entraîne pas pour ça. Je ne veux pas gâcher mes plus belles années. Je crois en moi, et je crois en la boxe féminine. Et je ne crois pas à la politique qui consiste à dire que noir, c'est noir, et que rien n'est possible. Je vais tenir moi-même les rênes de ma carrière et ne plus me lier trois ans avec un promoteur. Il ne faut pas tuer l'envie chez quelqu'un, car c'est l'envie qui fait soulever des montagnes. C'est la perspective d'un combat mémorable. Je veux du piment et de l'exaltation.

J'irai aux États-Unis défendre mes ceintures. Personne n'a idée de ma détermination. Le combat le plus dur à mener sera l'organisation du match. Ce qui se passe sur le ring n'est pas l'affrontement le plus difficile. Je le répète : sur un ring, les coups bas sont rigoureusement interdits.

C'est un monde d'hommes. Il y a globalement plus de bienveillance autour de moi que de malveillance. Ma seconde famille. Ma seconde maison. Mon cocon. Je passe, à la salle de boxe, avec mes collègues – amis boxeurs – et mon entraîneur, plus de temps que nulle part ailleurs. C'est là que je me blesse, mais que je me soigne aussi, au moral s'entend. C'est là que j'aime fêter une victoire comme mon anniversaire. Ma mère le sait si bien qu'elle y a organisé, avec la complicité de

René, une fête surprise pour mes trente ans. Champagne, gros gâteau, bougies. Sur les photos, il y a nos mines heureuses, nos coupes brandies, et en arrière-plan, les sacs de boxe. Le club et les gens du club, René, ma fille et ma mère, ceux que j'aime. À l'occasion de la journée de la femme même s'il ne devrait pas y avoir une journée de la femme, mais 365 jours de la femme, René aime offrir des fleurs, des roses rouges pour son épouse et des roses blanches pour moi. Personne ne m'offre de fleurs, d'habitude.

René n'est pas mon père. Nous ne fêtons pas Noël ensemble. Devant un père, on ne se pèse pas en petite tenue. Avec un père, on ne parle pas de la vie privée, et à René, j'aime bien raconter mes histoires et rigoler de choses et d'autres, comme on le ferait avec un ami. René me veut du bien. Il glisse des pense-bêtes dans mon casier. À cause des soucis du quotidien, « elle oublie beaucoup de choses, Anne-Sophie, alors, je les lui rappelle », dit-il. Payer l'assurance auto, prendre rendez-vous à l'hôpital en vue du renouvellement de ma licence de boxe, etc. Une batterie d'examens approfondis attend le boxeur professionnel avant et après un combat de compétition, et une fois l'an, pour le renouvellement de sa licence. C'est le minimum, si tout va bien. Sinon, les visites à l'hôpital sont multipliées.

Petits mots, accompagnement, René a des attentions pour moi comme pour chaque boxeur professionnel du club.

Dans ce monde de gros durs, comme on aime à le penser, des entraîneurs consacrent leur temps et leur énergie aux autres, sans être payés, si l'on excepte le pourcentage de 10 à 30 % par combat, pris sur la bourse du boxeur. On peut toujours dire que l'entraîneur va évoluer dans un monde de décideurs et profiter des paillettes ou des bons gueuletons. Tiens, une fois, René et moi avons été invités par Michel Acariès au Moulin-Rouge, à Paris. Le taxi nous avait déposés devant la porte. Une table était réservée pour nous devant la scène. Une bouteille de champagne et deux coupes n'attendaient plus que nous.

Aucun de ces petits avantages ne saurait minimiser la noblesse de l'engagement. L'entraîneur a la passion de la boxe et l'amour de son prochain. Il en faut, de l'amour de son prochain, pour faire d'un boxeur un champion ou, plus simplement, d'un club de boxe un lieu où petits et grands se sentent compris, respectés et encouragés. Il en faut, de l'amour de son prochain, pour laisser sa propre famille le week-end et accompagner un boxeur en voiture sur son lieu de compétition, parfois à cinq cents kilomètres de là. Il faut avoir la foi. Voici un extrait de son emploi du temps : jeudi 17 mars au soir, aller chercher à l'aéroport un boxeur qui vient de l'étranger, pour un combat à Metz. Vendredi matin, préparer le ring mobile à fournir pour la réunion. Aller chercher le boxeur à son hôtel pour qu'il s'entraîne au club. Organiser les demi-finales des interrégionaux qui auront lieu à Metz (René est président des commissions amateurs et professionnelles du comité d'Alsace-Lorraine). Le lendemain de la réunion mixte amateurs-pros, démonter le ring mobile, puis s'occuper de la pesée pour les finales des interrégionaux.

Être entraîneur, c'est faire du social. Tous ces gamins qui travaillent mal à l'école et avec lesquels René passe un contrat moral, réussissant là où les parents ont échoué, ou épaulant les parents qui n'ont pas encore baissé les bras. L'enfant ou le jeune qui veut faire de la boxe chez René doit améliorer ses résultats scolaires et montrer que son comportement va dans le bon sens. Le système du contrat moral produit des miracles. L'aspirant boxeur comprend qu'on ne fait pas ce qu'on veut, qu'il y a des règles, avec René comme avec les autres, professeurs, parents et plus tard, patrons. Je l'ai vu prendre en main des jeunes lestés d'un casier judiciaire – comme Cus d'Amato avec Mike Tyson – et faire tout ce qui était en son pouvoir pour favoriser la réinsertion sociale par le biais du sport. Parfois, ça marche, d'autres fois, non, échec total. Il faut compter avec la volonté du jeune en face. Mais j'ai vu René, je l'ai entendu se mettre en dix pour aider quelqu'un à obtenir un logement, décrocher un boulot, bref, avoir une deuxième chance dans la vie. J'ai vu des enfants et des jeunes métamorphosés. J'ai vu des adultes se détendre, s'épanouir, oublier le stress de leur vie, développer la confiance en soi. Sans parler de la direction que ma propre vie a prise.

Guider, écouter, prendre en main, encourager, tenter de comprendre, ne pas juger, être là, avec bonté et fermeté. Y a-t-il au monde beaucoup de gens comme cela ?

À plusieurs moments clés, j'ai vraiment eu besoin de sa présence attentionnée, sans être inquisitrice, et sans que je me sente redevable. Je sais que je peux quitter le club quand je veux, sans que René ne brandisse la pancarte : « Après tout ce que j'ai fait pour toi ! » Comme mon père, il se fait une haute idée de la liberté. Il sera toujours là pour me conseiller. J'ai eu vraiment besoin de son amitié et de sa présence, lorsque ma mère est tombée malade en 2007. C'était au mois d'avril, quand les arbres ont à nouveau des feuilles et que les jours rallongent. Cancer du sein. Premier stade, bon pronostic. N'empêche ! Le couperet de la maladie est tombé et, avec lui, l'idée que ma mère n'est pas immortelle. On perd un jour ses parents, c'est dans l'ordre des choses. Et cette idée m'est insupportable. Il faut que je me bouche les oreilles. Ma mère, c'est toute ma famille, avec mon frère. L'hiver, elle m'appelle le matin pour me dire « Il neige, couvre-toi ». C'est bon, il suffit que j'ouvre ma fenêtre pour m'en apercevoir. Mais c'est ma mère, avec tout son amour pour sa fille et pour sa petite-fille, dans sa maladresse ou dans son exagération à vouloir bien faire. Avec sa générosité, deux bras ne suffisent pas pour nous serrer contre elle. Il y a aussi sa bonne volonté et sa disponibilité, garder Léna, gâter Léna, aller chercher Léna à l'école, préparer à Anne-Sophie des petits plats sans matière grasse, s'inquiéter si j'ai une estafilade au visage, nous ouvrir grand la porte si on a à nouveau besoin d'habiter chez elle. Elle ne dit jamais non. C'est ma mère, comme elle est, avec sa vie qui a toujours été difficile, avec peu de bonheurs, beaucoup de souffrances et des envies de se plaindre ; mais qui ne se plaindrait pas à sa place, avec ses beaux yeux gris qui en disent long si les mots lui font défaut ? C'est de famille, les mots qui se taisent. C'est ma mère enfin, avec son cœur gros comme ça. Et puis, la fin du monde. L'hôpital, la chimio, toute la batterie de douleurs. Elle n'a jamais démérité, ma mère, alors pourquoi elle ?

À l'annonce des résultats de la biopsie, j'ai tenu à rester rationnelle, cartésienne à fond, m'en tenant aux chiffres, aux statistiques de guérison. J'avais peut-être peur de m'effondrer comme à la mort de mon père. Ce qui se soigne n'est pas mortel, n'est-ce pas ? Je me suis accrochée à cette branche solide. Dans le cas de mon père, sa maladie ne se soignait pas, surtout à ce stade-là, c'était la mort. Au lieu de me rapprocher de ma mère, alors qu'elle avait besoin de moi, je me suis éloignée, le cœur plongé dans la glace. Là aussi, je raisonnais : l'ambulance venait la chercher, des gens se relayaient auprès d'elle. Elle n'avait objectivement pas besoin de moi, je m'en persuadais. Je ne voulais pas voir la maladie en face. Lorsque ma grand-mère maternelle est tombée malade, ma mère a fait chaque jour trente kilomètres de chemins de campagne pour lui porter assistance. Ma grand-mère est morte. Ma mère, elle, avait un cancer au stade 1. Le scénario ne se répéterait pas, à aucun moment ni en aucune manière. Ainsi, l'issue serait également différente. Au lieu de m'occuper d'elle, je me suis retranchée derrière des raisonnements, et j'ai préféré m'occuper davantage de ma fille. Faire bloc avec elle. Nous sommes parties en vacances, c'était l'été ; les vacances, nous n'en avions jamais pris, faute de temps et d'argent. Avant, ma fille me provoquait sans cesse, en réponse, je m'emportais, pour finalement comprendre qu'elle avait besoin d'attentions et d'avoir sa maman tout à elle, rien qu'à elle, au moins quelques jours. Départ en vacances, alors que ma mère était malade. Je sais qu'elle en a été peinée, mais je ne pouvais pas faire autrement. J'ai mis des années à me construire, et j'ai sans doute voulu protéger le fragile édifice. Ma mère a commencé à aller mieux, la neige s'est mise à tomber, et les étoiles ont à nouveau brillé durant la nuit. Pendant ces longs mois, René était là, sachant tout ça mieux que moi et m'aidant de son mieux, sans forcément parler de la maladie, mais étant à l'écoute, sans relâche. Ma mère, c'est ma fée, et les fées sont immortelles.

Plus on grimpe la montagne, plus l'air se fait rare. Plus on grimpe l'échelle de la réussite, plus la femme se fait rare, en boxe comme ailleurs. J'ai rencontré quasiment toutes les bonnes boxeuses de ma catégorie. Si je veux donner de l'ampleur à ma carrière, il me faut monter en welter ou descendre en léger, mais bonjour le régime ! Il faudrait que je pèse 61,235 kilos, quand j'ai déjà tant de mal à faire 62,800 kilos. Après six ans en super-léger, j'estime fondé ce désir de changer de catégorie. Et nécessaire.

Il y a peu d'adversaires, toutes catégories confondues, c'est vrai. Il faut donc constamment adapter sa stratégie. En 2008, pour faire venir la Portoricaine Belinda Laracuente, dite « Brown Sugar », il m'a fallu conclure l'accord suivant : moi seule mettais ma ceinture WBA en jeu. Je risquais gros, elle non, mais elle se déplaçait en France, sur mes terres. À prendre ou à laisser, j'ai accepté. Si je pose des conditions rigides, si je refuse quelqu'un qui accepte de boxer contre moi, autant raccrocher les gants tout de suite. Tout se négocie, si on veut vraiment monter une réunion : les titres en jeu, les rémunérations, etc. J'ai dit « négocier », pas « se brader ».

Belinda, dans ce monde d'hommes, crève l'écran et prend toute la lumière. Cette Latine incendiaire fait penser à une chanteuse de hip-hop. On l'imagine bien dans l'entourage d'un Notorious BIG. Rencontrer une telle bomba sur un ring, c'est s'assurer un show et pas mal de réactions enthousiastes. La belle arrive en dansant, chapeau de la mafia sur la tête. Palmarès : vingt-neuf ans, 1,66 mètre, 23 victoires, dont 9 avant la limite, 3 nuls, 23 défaites, aucune avant la limite. On me dira plus tard : « Anne-Sophie Mathis, ce n'est pas un peu facile d'affronter une boxeuse au mauvais palmarès ? » La critique est aisée. Ce n'est pas facile de monter un combat. Et Belinda a rencontré les meilleures, alors perdre contre les meilleures, cela reste un défi respectable. Elle a brûlé les étapes, à mon avis, affrontant trop tôt de grosses pointures, d'où ses défaites. Mais elle est forte d'une solide expérience. Enfin, elle n'a jamais été battue par K-O ni n'a jamais perdu avant la limite.

Aux Vieilles Forges, dans les Ardennes, elle me donna du fil à retordre. Fuyante et reine de l'esquive, elle est compliquée à boxer mais très intelligente, avec une garde basse. Il m'a donc été impossible de me placer sous ses gants. Une anguille. Elle m'a perturbée, désorganisée. Mais elle a pris une de ces dérouillées, et moi, bien sûr, je suis restée la championne. C'est en boxant que je peux rester championne et le prouver, pas en astiquant mes trophées à la maison.

Elle n'était pas venue dans les Ardennes pour la chasse au sanglier, Belinda, mais presque…

Je gagnai aux points. Je n'avais pas boxé depuis huit mois, alors faire dix rounds, cela m'a été très bénéfique, même si au milieu du combat, Belinda m'a agacée avec ses feintes, sa boxe dansante, ses provocations, et comme deux mômes, nous nous sommes tiré la langue. Je suis entrée dans son jeu et je m'en suis voulu. Je déteste sortir de mes gonds. Mais au moins, ce n'était pas un combat balourd du type « à toi, à moi », et cela m'a confrontée à un style différent du mien. Un match qui, sans être exceptionnel, a eu aussi le mérite d'être rondement mené et dans les règles de l'art. Comme le dit l'un des commentateurs : « Quand on ne voit pas l'arbitre, c'est que le combat a été clair. Et on a peu vu monsieur Toupin. »

Bien que notre match ait été programmé après 23 heures, le public est resté, pour nous deux. Les caméras de Canal+ s'en sont donné à cœur joie. Dans les réunions qui m'ont opposée à Jane Couch ou à Ana Pascal, ils étaient restés sur leur faim, l'affaire ayant été pliée en deux-trois rounds. Là non, dix rounds, soit vingt minutes de combat. Tous, public, organisateurs et diffuseurs, en ont eu pour leur argent.

Sans médiatisation, pas de reconnaissance, pas d'argent, pas de public. Tout part de la médiatisation. Il y a encore dix ans, dit-on, la télévision française retransmettait beaucoup de combats de boxe. Ce n'est plus le cas. Elle ne met pas non plus en avant les pugilats féminins. Canal+ l'a fait une fois, le 22 novembre 2008, lors de ce combat contre Belinda Laracuente. Les boxeurs à l'affiche n'avaient pas donné le meilleur d'eux-mêmes, donc Belinda et moi avons été mises en avant. Cette exception confirme la règle : les télévisions, sauf certaines chaînes câblées à thème, et encore, ne veulent pas des boxeuses.

En athlétisme, en équipe de France, les filles comme Christine Aaron, Eunice Barber, Marie-José Perec ne peuvent pas trop se plaindre, sur le plan de la médiatisation. En escrime, Laura Flessel a souvent été bien servie : évolution au sein de l'INSEP, participation aux JO de Sydney, de Pékin, physique de mannequin, ça aide.

En tennis, sport chouchou de l'époque, les femmes ne sont pas en reste, même si les hommes ont la vedette. Ski, vélo, en revanche, même au top, les femmes peinent à exister. La boxe, pareil. Football, rugby, on n'en parle même pas, les équipes féminines ne passent pas le cap du succès confidentiel. Ce n'est pas demain qu'un club espagnol rachètera une joueuse basée en Angleterre pour des millions d'euros, ni un million d'euros, ni un centime d'euro, ni même une fleur. À propos de fleurs et de tapis rouge, il n'y a pas toujours eu du monde pour accueillir la reine du vélo, Jeannie Longo, à l'arrivée du Tour de France. Pourtant, Madame a prouvé ses compétences, vous ne croyez pas ? À l'âge de cinquante et un ans, elle vient de remporter son 56e titre de championne de France contre la montre, le premier datant de 1979.

Et dites-moi, sur quels sujets ces sportives pleines de mérite sont-elles médiatisées ? Quand font-elles la une des journaux et des magazines ? Lors des questions de vie privée tumultueuse (l'une a vu des photos d'elle nue sur Internet déposées par un ex indélicat), de changement de club et/ou d'entraîneur ou des questions de dopage. C'est bien dommage. On leur consacre des pages quand elles meurent jeunes, en entraînement ou en compétition. La skieuse Régine Cavagnoud, par exemple. Est-il question de leur talent ? De leur expérience ? De leurs prochains défis ?

Si Regina Halmich a été la boxeuse de ma génération la plus médiatisée, ce n'est pas le fait du hasard. D'abord, la boxe avait une place de choix en

Allemagne. Ensuite, Regina a su saisir sa chance, quand bien même celle-ci a pris la forme d'une émission télévisée grand public sans rapport avec la boxe. Mais voilà, on l'avait trouvée sympa lors d'une interview et on l'avait rappelée. Était-elle partante pour faire un combat sur le plateau avec le présentateur ? Pas plus boxeur que je ne suis danseuse étoile, le monsieur s'est mis en tête de mettre en miettes la championne du monde de boxe catégorie poids mouche (moins de 50 kilos). Lui devait en faire le double, tout en graisse et en arrogance. Bien sûr, Regina l'a mis à terre rapidement. Qui pouvait croire qu'un non-boxeur pouvait gagner contre elle ? Mais elle a eu l'intelligence d'accepter le « challenge » au lieu de prendre la mouche, car au premier abord, la championne aurait pu se vexer. Après cette prestation très regardée, Regina est devenue une vedette, à l'instar du présentateur. Elle a bien su saisir sa chance, ce qui signifie que la chance est passée par là.

Neuvième round : l'argent, le nerf de la guerre

« Il faut semer une graine pour avoir un arbre. » À quoi cela m'avancerait-il de suer sur le ring, pour tout perdre ensuite ? Je veux du sûr, du qui dure. Si j'étais riche, que ferais-je de mon argent ? Je demanderais conseil et je réaliserais des placements financiers. Ma maison, je l'achèterais à crédit, si les taux d'emprunt sont bas et les placements financiers plus intéressants. Je changerais sans doute de voiture. Léna et moi repartirions en vacances, comme cet été 2009, en Corse. Nous sommes allées à Propriano, un port charmant, bordé de plages. Sur place, nous avons retrouvé avec joie Valérie Hénin et ses deux enfants.

Riche, je ne me lancerais pas dans des dépenses délirantes : payer un bien immobilier comptant, acheter une voiture longue comme une limousine ou des vêtements de luxe à n'en plus finir.

« Semer une graine pour avoir un arbre. » Je me répète souvent cette phrase, surtout ces jours derniers lorsque ma (vieille) voiture m'a lâchée. C'est la rotule de direction qui a cassé, alors que j'étais sur la route pour rentrer à la maison. Il m'a fallu laisser la voiture dans un garage à 90 kilomètres de chez moi... La facture a été salée : 800 euros. Un trou dans le budget. La championne du monde aux quatre couronnes n'est pas une femme qui roule sur l'or. Et pourtant, j'ai la fierté de dire que je fais partie de la petite poignée de professionnels à vivre de la boxe.

L'idée qu'une championne soit riche me met parfois dans des situations embarrassantes. Je ne parle pas des hommes qui me tournent autour en espérant mettre la main sur un bon parti. Je les vois arriver de loin avec leurs questions, leur sourire gêné, leurs yeux de poisson frit. Il y a aussi ces dîners somptueux auxquels je suis conviée en qualité d'athlète. Gourmande, je suis enchantée par la finesse du souper offert, les grands vins que j'ai le plaisir de découvrir. J'avoue un faible pour le champagne et les desserts. Soirées de prestige, pour les Lauriers du sport, qui réunissent athlètes, grands noms de la politique locale et partenaires financiers. Il peut s'agir aussi d'un dîner couronnant une réunion de boxe importante, comme des rendez-vous mensuels du Grand Tournoi au Cirque d'Hiver à Paris ou des vins d'honneur à l'Hôtel de Ville. Cela ne rate pas : je me retrouve à trinquer ou à table avec deux ténors de la banque ou de la finance, qui veulent en savoir plus long sur la championne de boxe. Là, je deviens championne de l'esquive, des feintes, éludant les questions ou répondant à côté, bref, assurant le service minimum au niveau de la conversation. Ils font état de leurs résidences secondaires, de leurs placements, ils parlent du CAC 40, de leur collection de toiles de maître ou de leurs congés à l'autre bout de la terre. J'aime écouter leurs récits. Mais lorsque mon opinion est sollicitée, je finis par avouer que mon train de vie ne correspond pas à mes galons. Ils ont parfois du mal à le comprendre. Ils s'étonnent, et pas toujours subtilement.

À un moment donné, ces messieurs se mettent invariablement à parler de voitures, formule 1, berlines, coupés, etc. Là, je sors de ma réserve, avec un sourire jusqu'aux oreilles. La voiture, ça me connaît. J'ai beau conduire une machine d'occasion, sur le chapitre auto-moto, je suis incollable : les nouveautés, la vitesse, le confort, les bolides d'hier, d'aujourd'hui et de demain. Ma préférence va aux berlines élégantes. Hélas, la voiture, c'est le seul sujet sur lequel mon avis compte pour du beurre. On ne m'écoute pas, et je dois passer mon tour. Est-ce parce que je suis une femme, et qu'une femme, ça ne s'intéresse pas aux voitures ? Est-ce parce que nous ne sommes pas du même milieu ?

Pourtant, j'ai moi aussi ma petite entreprise, une affaire qui tourne. Par ce biais, je peux bien gérer ma trésorerie, cotiser à la caisse d'assurance maladie et à la caisse de retraite, prévoir le tiers provisionnel, équilibrer les rentrées et les sorties d'argent. Un comptable sérieux m'épaule. J'aime solliciter son avis, il est toujours de très bon conseil et ne me regarde pas de haut. Même chose avec mon avocat. Je prends des renseignements, puis je décide seule, toujours. Même les grands patrons ou les banques sollicitent des aides ou des conseils. Je ne m'en prive donc pas. Je suis une fourmi. J'ai appris à être ainsi, prévoyante et économe. Plus jeune, je sortais beaucoup, je dépensais tout mon argent. Beaucoup de boxeurs n'ont pas eu la chance d'être bien conseillés pour sécuriser leur avenir. La plupart ont été pris en main très jeunes sans avoir suivi d'études. Parfois mal entourés, certains se sont fait abuser ou même voler. Ils ont été naïfs, ils ont cru que l'argent ne cesserait pas de pleuvoir sur leur tête et que la célébrité leur était acquise à tout jamais. Je ne suis pas un gros bonnet du secteur financier ou industriel, mais je mène très bien ma barque.

Le sérieux m'est venu avec la maternité. Je me suis mise à anticiper dans l'idée d'offrir une éducation de qualité à Léna. Je ne sais pas ce qu'elle fera plus tard, mais je veux lui donner toutes les chances, comme ma mère l'a fait pour moi, en m'inscrivant au Punch. Est-ce que ce sera le sport, pour Léna ? Elle a fait de la gymnastique, mais semble plus intéressée par les questions d'esthétique, de coiffure, de mode. Elle a beaucoup de goût. Elle vient de souffler ses huit bougies, c'est jeune pour en déduire qu'elle est faite pour ceci ou pour cela. Son avenir est ma priorité. On me connaît pourtant comme une fille qui vit le présent, sans regarder dans le rétroviseur ni dans la boule de cristal. C'est vrai. Cela ne m'empêche pas d'avoir les pieds sur terre et de prévoir, pour m'épargner les déconfitures. Je regrette parfois l'époque où j'étais plus insouciante, où je vivais uniquement l'instant présent. Un coup de cafard, et je mettais un CD de house, je dansais dans mon salon, ou alors je sortais en boîte avec mes amies. J'allais m'amuser, « faire la chouille », comme on dit dans l'Est. J'avais à nouveau le moral au plus haut.

L'époque ne vénère pas la boxe autant qu'autrefois, sport phare et rentable jusque dans les années 1980. Le public fréquente aujourd'hui davantage les gradins de Roland-Garros ou du Parc des Princes. Quand il ne préfère pas rester devant la télévision. Qui dit peu de billets vendus dit sport remis en question. Nous sommes le parent pauvre du tennis, du football ou de la natation. Et pourtant, la boxe anglaise compte de plus en plus de licenciés.

Mais que pèse un match de boxe, face à un Marseille-Bordeaux qui draine dix millions de fans de football devant leur poste ? C'est la crise économique, mais pas seulement. Il y a de la désaffection et même du désamour. Pour ne pas dire un divorce. On l'a vu entre Brahim Asloum et Canal+. Sans diffuseur à ses côtés, il a dit ne pas pouvoir monter un combat de grande envergure. Le champion du monde et champion olympique a abandonné le métier à trente ans. C'est regrettable. Il ne reste donc plus qu'une personne de nationalité française à être champion du monde : Anne-Sophie Mathis. Mais curieusement, cette nouvelle est passée à l'as. C'est incroyable, il n'y a eu qu'une personne (une femme) pour le constater dans une émission télévisée : « Comment ça, il n'y a plus de champion français depuis que Brahim Asloum a jeté les gants ? Et Anne-Sophie Mathis, alors ? »

Il y a peu de boxeuses sur le marché, cela devrait nous mettre sous les feux des projecteurs. Ils étaient 16 000 supporters à Bercy pour nous voir combattre, Myriam Lamare et moi. L'affiche était belle. De la belle boxe s'annonçait, incitant le public à venir. Il n'y avait pas de ces combats déséquilibrés qui prennent les gens pour des imbéciles. 16 000 personnes ! Or, même s'il réunit nombre de qualités et électrise une foule, un match de boxe n'est jamais diffusé en direct, toujours en différé.

La multiplication des fédérations et des catégories a fait éclore tant de champions que l'on ne sait plus de qui s'enticher. Cela ne pousse pas les foules à réserver leur place à la salle des sports. À une époque ancienne, celle de Marcel Cerdan, il n'y avait pas plusieurs places sur le podium. On était le champion du monde chez les poids lourds ou chez les poids moyens. Un seul champion se faisait entendre sur les ondes radio et amassait une fortune, mais au moins le public suivait et se déplaçait pour voir la star. Aujourd'hui, il se fait tirer l'oreille. Il y a trop de petites stars. La télévision rend le public casanier, la profusion de champions aussi. Sans parler des « champions par intérim » quand le titre n'est pas réellement disponible, le champion en titre étant dans l'incapacité de combattre.

Avoir unifié les ceintures et être la reine dans plusieurs fédérations importantes font de moi une vraie championne. The championne. Ma notoriété et ma popularité viennent de là. Mes galons, je les ai obtenus au mérite. WBA, WIBF, WBC (titre vacant) et UBC, ces titres, je les ai arrachés aux meilleures. Je me suis battue noblement, loyalement, pour être digne de mon sport. Titre vacant : titre retiré et remis sur le marché. La fédération désignera ensuite les opposants. Je n'ai pas eu une carrière montée, c'est-à-dire celle d'un pugiliste auquel on attribue un adversaire sans envergure, contre lequel il est sûr de gagner, donc de remporter le fameux titre vacant. Il s'agit du fameux « combat déséquilibré ». Il y a une sacrée différence entre le fait de détenir un titre vacant et celui de l'enlever à un champion.

J'ai longtemps jonglé avec les boulots, les aides au logement, l'allocation de parent isolé ou le RMI. Puis j'ai vécu de l'argent de mes sponsors versé mensuellement. Les soutiens ont pris en 2006, époque de mon sacre, la forme d'une coquette somme et d'un don de matériel. À Dombasle, nous avons pu ainsi renouveler tout le parc de sacs de frappe, de cordes à sauter, de séries de gants, la bâche de ring, etc. Mais en 2009, de combat annulé en combat repoussé, les sponsors n'ont pas renouvelé leurs contrats. C'est normal, et cela n'est pas pour arranger mes affaires. Il me faut attendre la grande réunion de 2010 organisée en mon honneur à Nancy pour espérer un nouvel accord avec un partenaire financier. Les sponsors répondent présents au rythme des combats. Les logos sont mis en évidence sur les tenues de compétition. Pas de combat, pas de notoriété, et donc plus de sponsor. Une équation très simple. Or, ils ne sont déjà pas nombreux, les sponsors intéressés. « La boxe féminine n'entre pas dans le cadre de la politique de notre marque », nous répond-on. Pourtant, nous ne visons pas les grands noms du luxe, mais les marques de prêt-à-porter sportswear ou des fabricants de matériel de boxe. Même lorsqu'un combat est organisé en notre nom et dans notre région, il n'est pas évident de décrocher un sponsor. En boxe, on ne joue pas dans la cour de la formule 1.

Le problème, outre le désir de confirmer mes titres régulièrement et de boxer, c'est le manque à gagner. Ne pas penser à l'argent, ne pas en parler, c'est un luxe. Celui des gens qui en ont. Un combat qui tombe à l'eau emporte dans son naufrage plusieurs milliers d'euros et devient un problème pour la personne concernée. Un championnat du monde féminin rapporte 20 000 ou 30 000 euros à la boxeuse titrée. Un championnat du monde masculin rapporte 200 000 ou 300 000 euros au champion titré. En clair, je gagne 90 % de moins qu'un confrère au même niveau. Parle-t-on d'inégalité ou d'injustice criante ? Un exemple qui vaut tous les discours : au Japon, Valérie Hénin s'était produite dans la même réunion que George Foreman. Alors âgé de plus de cinquante ans, en fin de carrière, ses revenus baissaient. Quatre millions de dollars pour lui, tandis que Valérie, elle, championne du monde de thaï au sommet de son art, n'a perçu que 36 000 francs, soit 6 000 euros.

L'écart des salaires entre les hommes et les femmes n'est pas un phénomène nouveau. À qualification et expérience égales, dans tous les secteurs d'activité, elles gagnent 25 % de moins qu'eux. En boxe, c'est 90 % de moins. Si j'étais un boxeur ou un médecin, voire un chercheur, ça m'ennuierait beaucoup de savoir que ma femme gagne moins que son collègue. Même si j'étais un homme macho, j'aurais envie de réagir, de défiler dans la rue toutes banderoles déployées. J'aurais envie d'alerter les syndicats, les pouvoirs publics, etc. Mais non, ils se taisent, les hommes, les boxeurs et les autres, ils font comme si de rien n'était. À l'échelle nationale, on devrait lancer la « semaine à l'envers », selon le principe des émissions télévisées où les candidats échangent leur vie une semaine durant. Les hommes prendraient nos places. Bureau-marmots-frigo. À la clef, ils auraient la fiche de paye amputée. Dans mon cas, à la place du bureau, il y a la salle de boxe. Je suis la seule boxeuse de haut niveau à être maman. Avec un peu d'imagination, un boxeur peut très bien imaginer mon quotidien. Au terme de cette « semaine à l'envers », ils auraient une vision plus claire de nos vies. On y gagnerait sinon plus de solidarité, au moins plus de compréhension. Quant à moi, je ne vais pas pleurer, quand ils jettent leurs gants de boxe comme on se jette par la fenêtre. Ils veulent tout : la notoriété, la liberté et le gâteau en entier. J'ai eu vent de sommes délirantes. Si les boxeurs de haut vol se cassent le nez lors des négociations, c'est souvent qu'ils sont trop gourmands et peu disposés à faire des concessions. Voilà une chose qu'on ne pourra jamais reprocher aux femmes.

Qui tire son épingle du jeu ? Qui s'en met plein les poches ? Pas grand monde, et je ne dis pas cela pour ménager des susceptibilités. Dans ce milieu, parler d'argent n'est pas une habitude. Sauf exception, un flou artistique plane sur les revenus des boxeurs. Ils dépendent de leur popularité, mais aussi des arrangements conclus avec les intermédiaires. Si un contrat en bonne et due forme est signé pour un championnat du monde, les choses sont moins formelles concernant les petits galas. Ce sont les diffuseurs, c'est-à-dire les chaînes de télévision, qui donnent les moyens financiers aux organisateurs de monter une réunion. Le promoteur Michel Acariès a ainsi eu longtemps une exclusivité avec Canal+, ce qui assurait à son écurie de boxeurs une médiatisation et de bonnes bourses. D'autre part, certaines municipalités accordent beaucoup d'importance aux combats de boxe et mettent de l'argent sur la table. Marseille et Metz, par exemple. D'autres villes, non. Elles ne sont pas sensibles à notre sport.

La loi du silence est celle qui domine. Et cette règle implacable : pas de sponsor, pas de soutien de la part de la ville, zéro combat. La Belge Nathalie Toro, mon ancienne rivale lors du championnat d'Europe, vient d'abandonner à cause de cette insoluble question du soutien financier. Même si à trente-six ans, elle ne possède pas de titre de championne, ceci explique cela.

Partir ? J'y ai pensé, mais rien ne dit que ce serait plus simple ailleurs pour moi, ni que j'y travaillerais réellement davantage. En Allemagne, aux États-Unis et même en Angleterre, la situation est certes plus enviable. La boxe est toujours un sport roi. Il y a davantage de promoteurs, de diffuseurs intéressés, la starisation des champions y est facilitée. La participation féminine en boxe ou au football y est largement encouragée. Mais m'expatrier, cela m'est difficile pour des raisons d'ordre familial : ma fille Léna a une vie relativement stable ici auprès de sa mère, de sa grand-mère et de Magda, sa demi-sœur. La barrière de la langue ? Quand on a appris la boxe, on peut apprendre l'anglais, l'italien ou le javanais. Mais il est vrai que j'aime mon pays. Je suis heureuse d'amener la boxe féminine au plus haut niveau sous le drapeau tricolore. Au lieu de partir, je préfère espérer que les choses évoluent dans le bon sens.

Certains signes sont encourageants. D'abord, la ville de Levallois va mettre sur pied une structure pour les boxeurs professionnels au sein d'un centre d'entraînement. Au palais des sports Marcel-Cerdan. Il y aura pour les boxeurs professionnels la possibilité d'entraînements avec des compétiteurs amateurs. Cette idée me plaît beaucoup. Je me vois déjà y faisant des séjours. Ce centre fonctionnerait à l'allemande, avec staff médical sur place, et, rêvons un peu, peut-être aurions-nous, comme en Allemagne, une blanchisserie intégrée. D'autre part, depuis 2008, on parle d'accorder à la boxe professionnelle les mêmes droits que ceux dont bénéficie la boxe amateur. Lorsque Bernard Laporte était secrétaire d'État à la Jeunesse et aux Sports, il avait chargé Mayar Monshipour (champion et cadre au conseil général de la Vienne) de fournir un rapport sur l'état de la boxe professionnelle. Certains projets s'en sont dégagés : accorder une couverture sociale au boxeur pro, parce que jusqu'à présent, si l'on n'a pas un emploi à côté, c'est très compliqué. Même projet pour la retraite ou le chômage.

Il est aussi question de clarifier les statuts et les contrats, de créer une équipe de France professionnelle avec les avantages des amateurs (infrastructure, formations, aides régionales, etc.). Dès 2010, un centre national de boxe professionnelle basé à l'INSEP devrait voir le jour, si Mme Rama Yade suit le programme proposé par son prédécesseur. J'aime bien Rama Yade, sa façon de dire les choses, simple et directe. Je souhaite qu'elle fasse évoluer concrètement et efficacement la situation de la boxe en France. Nous comptons sur elle. Tous ces changements annoncés motiveront sûrement la jeune génération de boxeurs au lieu de la décourager.

En attendant, les boxeuses se débrouillent pour vivre. Dans le meilleur des cas, elles ont un boulot et arrivent à le garder en conjuguant activité professionnelle, entraînements de boxe et déplacements pour des combats de compétition. Difficile de trouver un patron qui accepte les nombreuses absences ou valide un emploi du temps aux horaires aménagés. Celles qui sont, à l'instar de Myriam Chomaz, professeurs de sport à la Fédération de boxe gèrent mieux leur vie. Les différentes activités sont compatibles. Même chose pour Isabelle Leonardi, championne de France, qui s'entraîne à Clichy Boxe, un club familial très réputé. Dans la vie civile, Isabelle, étant agent de sécurité à la RATP, peut concilier ses deux occupations. D'autres, la majorité, enchaînent les CDD, comme je l'ai fait, mais il ne peut s'agir que de petits boulots de secours. D'autres encore bénéficient du RMI, ce qui ne permet pas de subvenir aux dépenses quotidiennes, mais aide à passer le cap d'une fort mauvaise période. J'ai, bien sûr, été dans ce cas.

Mon statut de championne m'a aidée à obtenir certains privilèges. Depuis 2008, je bénéficie des infrastructures médicales du club de football de l'AS Nancy-Lorraine. Ce partenariat est venu d'une simple rencontre. J'avais, à leur demande, donné deux fois le coup d'envoi de matchs de l'ASNL. C'était après ma victoire contre Myriam Lamare. Par la suite, j'ai parlé de la nécessité de trouver un staff médical, car je me ruinais en consultations médicales, visites chez le kiné, chez l'ostéopathe, etc. Sans compter la difficulté d'obtenir un rendez-vous dans un bref délai. La direction de l'AS m'a proposé de prendre en charge mes soins médicaux, des IRM aux massages kiné, en passant par la visite chez le généraliste. Je bénéficie du même traitement que les footballeurs et ce, sans contrepartie. De leur part, cela s'appelle avoir vraiment l'esprit sportif et le sens de l'entraide. Le football a des moyens que la boxe n'a pas, c'est une façon de redistribuer les richesses. Le fait que je sois nancéenne, « une enfant du pays », a pesé dans la balance. Cette délicate attention m'a touchée. Si je n'abuse pas de leurs services, je me sais dans de bien meilleures conditions pour m'entraîner en vue d'un combat de préparation ou d'un championnat. Un vrai cadeau du ciel. C'est en partie pour cela que je suis membre de l'association « Chanter le foot », dont les collectes sont consacrées à la recherche médicale.

Dixième round : après ? Il faut anticiper

L'après-boxe, puisqu'il faut bien y penser. On ne raccroche pas les gants à l'âge d'être grand-mère. Il y a une vie après la boxe (encore heureux). Il y a toujours une fin, et si possible un happy end. Oui, mais le dernier combat, quel aspect aura-t-il ?

Je n'y suis pas encore, à trente-deux ans, j'ai de beaux combats devant moi. Je n'ai pas réalisé tous mes projets en boxe. Avec mes histoires de dos, je suis peut-être à terre, mais certainement pas K-O. Et bientôt à nouveau sur le ring. En ce début 2010, j'ai repris le chemin de Dombasle-Boxe, plus motivée que jamais.

Quelle que soit la durée de ma carrière de pugiliste, il me faut prévoir l'après et pour être franche, ça fait un moment que j'y songe. Il s'agit d'une reconversion professionnelle, cela se prépare longtemps à l'avance. J'ai également promis à ma fille que je ferai autre chose. Léna n'aime pas mon mode de vie. Si j'exerçais un autre métier, aimerait-elle davantage celui-là ? Ce qu'elle n'aime pas dans la boxe, c'est l'emploi du temps à géométrie variable. Sans parler des risques de blessures. Toute petite, elle m'a vue prendre un direct en entraînement et s'est mise à sangloter. En même temps, elle apprécie la série Fifi Brindacier, ce personnage aux nattes orange. Dans l'épisode « Fifi à la foire », la jeune héroïne met à terre Arthur le costaud, invaincu jusqu'alors. Ma fille, qui n'aime pas trop la boxe, aime cependant la première fille qui a mis à terre un homme sur un ring… Qui n'a pas aimé Fifi, cette petite fille joyeuse, fantaisiste et si costaude ? Mais bon, ça, c'est du cinéma. Dans la vraie vie, Léna s'inquiète à juste titre pour sa maman, elle me laisse des mots porte-bonheur partout dans la maison, des billets doux qui me disent tout son amour pour moi. Je me nourris de tous ces petits messages.

Magda, la demi-sœur de Léna, n'a pas la même approche des sports de combat et des arts martiaux. À onze ans et demi, elle est devenue championne de France de taekwondo et, à treize ans, troisième au championnat d'Europe. Nos filles sont si différentes dans l'âme et si semblables physiquement, liées par le même père. Magda et Léna ont l'air de sœurs jumelles, même peau brune, même sourire, même silhouette de liane : deux facettes d'une seule médaille. Madga et Léna, un seul prénom à l'origine, Magdalena, celui de leur grand-mère paternelle.

Certains entraîneurs, pour avoir été boxeurs eux-mêmes et fait les frais d'un certain mépris, savent à quel point il faut sensibiliser un ou une jeune au sujet de son avenir. Des clubs, comme celui du Boxing Beats à Aubervilliers, proposent une aide aux devoirs de 15 h 30 à 18 heures. La boxe est l'école du respect et du travail. L'enfant ou l'adolescent inscrit au club ne doit pas négliger les études au profit du sport. Ce genre de lieu sportif se veut un relais entre le système scolaire et les parents, pour aider les jeunes à construire un projet personnel. Devenir champion de boxe, c'est bien beau, mais que fait-on après ? Je suis bien placée pour le savoir…

Passé la trentaine, je veux un boulot solide, stable, avec des perspectives d'évolution. En clair, je ne me vois plus ambulancière ou à la ménagerie, m'occupant de Victor, le chimpanzé caractériel. J'imagine la tête des passants : « Tiens, c'est l'ancienne championne du monde », tandis que l'animal lève le poing sur moi. Mis à part le regard social, auquel nul n'est insensible, je pense surtout à mon avenir professionnel. En même temps, je ne peux m'empêcher de rêver à une surprise tombée du ciel. Ma vie est faite de surprises, de bonnes rencontres, de fées penchées sur moi. J'ai trente-deux ans, et j'ai vingt ans sur le plan de l'enthousiasme et de la curiosité. Rien ne me destinait à la boxe, le hasard a bien fait les choses. Ensuite, je suis devenue boxeuse professionnelle sans avoir suivi le cheminement habituel : boxe amateur, équipe de France et boxe professionnelle. Alors, tout me porte à croire que mon salut viendra peut-être de manière imprévisible.

Rêvons un peu… Je joue mon propre rôle dans un film, un Million Dollar Baby en plus heureux, un film haut en couleur, plein de peps, de joie et d'espoir, à l'image de ma vie. C'est très possible, ce scénario : si j'ai intéressé un grand promoteur de boxe, je peux intéresser un grand producteur de cinéma, même si je sais qu'on me préférera sans doute une vraie actrice. Mais les grands destins sont nés des rêves un peu fous, alors, rêvons en grand ! Ou alors, je défile sur des podiums de mode, à la demande d'un créateur qui recherche des silhouettes de sportives. J'aime décrocher la lune. J'aime les films.

Trente-deux ans. Les deux pieds sur terre et l'esprit cartésien, je quadrille méthodiquement mon avenir.

Juste après mon championnat du monde, la ville de Tomblaine, près de Nancy, a voulu faire un geste. La mairie m'a proposé un petit boulot, en rapport avec mon statut d'éducateur sportif. Il s'agissait d'encadrer des jeunes pendant les heures de cantine, dans un quartier sensible. À la faveur de cet emploi, qui a duré quelques mois, j'ai pu constater que je ne suis pas faite pour travailler avec la jeunesse en difficulté. Le jeu favori consistait à provoquer la championne, à la titiller pour voir si elle allait sortir les poings. Ce qu'il fallait, à cette jeunesse, c'était avant tout un éducateur spécialisé, ce que je ne suis pas. Préparant actuellement le BP JEPS, Brevet professionnel de la jeunesse, de l'éducation et du sport, je serai en revanche tout à fait à ma place dans un collège. Je peux seconder le professeur de sport dans les disciplines habituelles, basket, athlétisme, etc., ou donner des cours de boxe. Au collège, il y a un règlement et un cadre bien défini. Tout est très clair. Ma fonction le serait aussi.

En 2004, j'avais obtenu un appartement de la ville, en faisant des pieds et des mains auprès de l'office HLM. Avec mon dossier de maman célibataire sans domicile attitré, j'ai fini par passer en priorité. Léna et moi ne pouvions pas rester éternellement chez ma mère. À un moment donné, pour me motiver, j'avais, avec ma fille, occupé le salon d'une amie. C'est dans son immeuble que l'office HLM m'a finalement concédé un appartement. Ce petit trois pièces que j'ai fait repeindre à neuf à notre arrivée, je l'ai obtenu après des mois et des mois de patience. Je ne suis donc pas une inconnue auprès des services sociaux de la ville.

Cela a pesé dans la balance. À l'étude depuis longtemps, mon dossier déposé au conseil général de Meurthe-et-Moselle, en vue d'une aide substantielle, a enfin trouvé un aboutissement favorable. La bonne nouvelle de l'année ! Un vrai coup de pouce. Me voilà signant en juin 2009 un contrat de trois ans, au terme duquel j'aurai reçu une formation solide et intensive dans un domaine qu'il me faudra choisir.

Ce genre d'aide est octroyé aux athlètes méritants. Championne de boxe élevant seule un enfant, mon profil a été pris en considération aussi bien par le conseil général que par l'office des HLM qui me loge,

Meurthe et Moselle Habitat, sans oublier le conseil régional de Lorraine. Pour le moment, j'envisage de faire des stages, l'un dans la police et un autre à l'office HLM. Faire respecter la loi, loger des familles dignement, voilà ce qui me parle. Je me vois bien évoluer plus tard dans l'un ou l'autre secteur. Et qui sait, gravir ensuite des échelons en interne, en passant des concours. Là aussi, je sais que j'irai loin, parce que je ne me satisfais jamais de peu. Femme de terrain, j'aurai le déclic en faisant des stages, pas en épluchant des revues spécialisées. En attendant, pendant ces trois années de formation, je vais pouvoir compter sur de meilleurs revenus et payer une baby-sitter, lorsque je pars en entraînement. Je souhaite vraiment une vie plus stable pour ma fille.

Et j'ai un but : devenir propriétaire. Aujourd'hui, je vis encore dans mon HLM. Quoi qu'il arrive, je serai toujours en mesure de payer ce loyer raisonnable et de mettre des sous de côté.

Mon quartier a curieusement été baptisé la « Californie », car en 1905, Buffalo Bill est venu dans le coin avec sa troupe pour présenter le Wild West Show. Ce quartier de la Californie me rapprochera peut-être de la boxe aux États-Unis et de l'argent qui me permettra, d'un côté, de mettre ma mère à l'abri et, de l'autre, d'emménager enfin chez moi. Je la vois bien, ma villa, dans un style provençal, avec un grand jardin. Il y aura un baby-foot, une balançoire pour les enfants, des barbecues pour des repas entre amis, comme autrefois dans la maison de mes parents.

Dans mon meuble vitré où trônent mes ceintures de championne et autres décorations, quelques trophées se distinguent : des médailles. Certaines indiquent la Légion d'honneur, d'autres l'ordre national du Mérite, d'autres encore les Palmes académiques. Moi, j'ai reçu les honneurs du métier avec le Gant d'Argent, à deux reprises. Une vraie belle distinction. Créée en 1987 par

Jean-Claude Bouttier, la cérémonie du Gant d'Or récompense le meilleur boxeur de l'année. En 2007, on m'a ainsi remis le Gant d'Argent à Dijon, tandis que le Gant d'Or revenait à Jean-Marc Mormeck. En 2008, à Enghien-les-Bains, j'ai à nouveau été gratifiée du Gant d'Argent, cette fois derrière Brahim Asloum. La rumeur me donnait pourtant lauréate du Gant d'Or... Pas facile de voir une femme accéder au plus haut grade, en boxe. On dirait que la pilule passe mal. Après la cérémonie, des erreurs se sont multipliées sur la Toile, m'attribuant le Gant de Bronze, tandis que celui d'Argent revenait à Souleymane Mbaye. Impossible d'admettre qu'une femme talonnait de près les deux mastodontes que sont Mormeck et Asloum.

Une autre décoration m'a été accordée par la ville de Tomblaine. Après le boulot d'encadrement des jeunes, la mairie m'a remis la médaille d'or de la ville. Ce n'était pas pour mes services auprès de la fameuse jeunesse en question, mais pour me féliciter après Bercy. Décidément, Bercy, quand tu nous tiens...

Il ne me manque désormais plus que la médaille d'or de la ville de Nancy. Médaillée, devant tous les autres athlètes de la région, toutes disciplines confondues, ce serait un sacré honneur pour moi, la Nancéenne de naissance. Il y a encore une autre gratification, mais celle-ci ne figure pas dans ma vitrine. Elle me fait cependant un immense plaisir. Une salle de boxe va bientôt ouvrir sous mon nom à Dombasle. Quoi qu'il arrive, c'est une aventure qui continue, comme un flambeau que je passe.

Le dernier combat, j'y pense, comme chaque boxeur et chaque boxeuse. On ne peut pas quitter le ring sur une défaite. Il faut partir en beauté. Il ne faut pas se tromper d'adversaire, et on doit donner à voir un très beau match. Les carrières montées comme les combats déséquilibrés ne devraient plus exister. Il ne faut pas sous-estimer le public, ou il le fait payer cher en désertant.

Le dernier combat…

Ce doit être étrange de monter sur un ring de compétition pour la dernière fois et de savoir que c'est la dernière fois. Voit-on sa carrière défiler ? En attendant ce jour solennel, je veux brandir de nouveaux trophées. Comme Manny Pacquiao, le boxeur philippin, je veux remporter beaucoup de titres dans des catégories différentes. Lui, il est classé meilleur boxeur du monde 2009, toutes catégories confondues. Si, c'est possible ! La preuve par Pacquiao.

Ensuite, la question de l'âge pour continuer ou non dépend de la forme de chacun et de chacune. Il n'y a pas d'âge pour arrêter la compétition. Par exemple, l'Américaine Christy Martin s'est saisie à l'âge de quarante et un ans de la ceinture WBC des super-welters. C'était un titre vacant, d'accord, mais il n'empêche qu'elle boxe toujours. Me concernant, la route est encore longue. J'ai peu de compétitions au compteur, ce qui fait de moi une boxeuse « non usée », comme on dit dans le métier. Non usée, non fatiguée. Le mal au dos que j'ai eu, que j'ai soigné, qui est derrière moi maintenant, c'est autre chose, cela peut tomber sur n'importe quel sportif, à n'importe quel âge et pour n'importe quelle raison.

Je prépare ma reconversion, mais je l'espère effective le plus tard possible, après de nombreuses conquêtes de titres sur le ring. C'est, bien sûr, mon prochain objectif. Combats de préparation prévus dans ma région au printemps, à Metz et à Nancy, puis championnats du monde à l'automne, l'un en Guyane et l'autre chez moi, à Vandœuvre. AS au zénith de sa dangerosité et de sa gloire. Pour les États-Unis, les négociations ont repris récemment. Je veux des adversaires à la hauteur, et je vais les avoir. Je rêve de nouveaux défis et de nouveaux voyages. Je vois loin. Je veux tout. Mon dernier combat ? Le tout dernier ? Autant dire que ce n'est pas pour demain.

Épilogue

Toutes les boxeuses pensent à leur avenir. Certaines, comme Myriam Chomaz, ont suivi une filière universitaire, par exemple le STAPS, Sciences et techniques des activités physiques et sportives (admission après le baccalauréat). Ce diplôme forme les futurs professeurs de sport. Être boxeur ou boxeuse de haut niveau donne accès à une formation sur deux ans pour obtenir le statut de prévôt fédéral de boxe, c'est-à-dire le droit d'instruire, mais sans percevoir de rémunération. Pour cela, il faut passer le brevet d'État 1er, puis 2e et 3e niveaux.

Quant au BP JEPS, ce diplôme permet d'exercer des fonctions d'animateur dans un cadre sportif ou associatif.

Mieux encadrée que la boxe professionnelle, la boxe amateur, donnant le statut d'« athlète de haut niveau », offre la possibilité d'entrer en école de kinésithérapie ou de podologie, ou encore de présenter les concours d'État catégorie A de la fonction publique, avec ou sans le bac.

Au niveau de la région, du département ou de la commune, des opportunités peuvent se dégager pour les boxeurs amateurs de haut niveau comme pour les professionnels, CDD en mairie ou au conseil général, mais il faudra ensuite passer un diplôme d'État pour devenir fonctionnaire territorial. Tout cela dépend du dynamisme des villes et de leur désir d'aider le sport, notamment le sportif méritant qui attire les médias sur sa région.

Grâce au soutien de la Fondation Lagardère, deux des athlètes du club Boxing Beats ont pu reprendre leurs études et intégrer Sciences-Po. Il s'agit de Sarah Ourahmoune et de Lucie Bertaud, l'une médaillée d'or dans la catégorie des mi-mouches lors des Mondiaux amateurs en Chine, l'autre championne d'Europe en amateur catégorie super-léger, en 2007. La Fondation cherchait à soutenir une structure qui encadre les jeunes et pas seulement sur le plan sportif. À Sciences-Po, un programme spécifique accueille des sportifs de haut vol, avec ou sans le bac. L'admission se fait sur dossier, dans lequel le sportif motive son projet professionnel postboxe, à la suite d'un entretien. Cette passerelle universitaire conduit à des spécialisations en gestion d'entreprise, en mouvement associatif, à des métiers liés aux médias ou au commerce international. Des équivalences permettent ensuite d'accéder au master de Sciences-Po. Sur le marché de l'emploi, les entreprises auront par la suite leur rôle à jouer, face à ces CV d'une nouvelle ère.

Sarah Ourahmoune était éducatrice spécialisée. Aujourd'hui à Sciences-Po, elle prépare un master en action dirigeante. Autre projet non moindre, elle sera sûrement aux JO de 2012. Pour Lucie, ce sera le journalisme à l'issue de son cursus. Toutes deux ont une vision claire de leur devenir, comme d'autres, menant en parallèle des études de médecine et l'intégration en équipe de France. Valérie Hénin, elle, est toujours à la tête du Punch, salle de boxe très réputée à Nancy. De l'Alsace-Lorraine, Saliha Ouchen est devenue costumière à l'Opéra du Rhin. Une reconversion totale. Quant à la fameuse Regina Halmich, elle a prêté son nom à une ligne de maquillage, puis à des DVD et des ouvrages sur la boxe et sur le fitness. Elle participe à des séminaires au sujet de la formation des boxeurs. À la télévision allemande, elle anime une émission de reality show qui marche très fort. Chacune sa route, chacune son chemin. Tous ces destins montrent que les pugilistes ne finissent pas si mal qu'on veut bien le croire. D'ailleurs, ils ou elles ne viennent pas toujours de milieux défavorisés et, si c'est le cas, ils ou elles savent changer de milieu sans renier leurs origines.

Il suffit de voir les reportages diffusés par M6 ou TF1, des chaînes grand public, pour s'en rendre compte. La boxe du nouveau millénaire n'a plus le même visage et attire des gens de tous horizons, tant au niveau du public qu'au niveau des adhérents. Les clubs de banlieue recrutent dans les beaux quartiers. Depuis trois ans, les licences sont en nette augmentation, surtout les licences féminines (+ 20 %). Et en haut lieu, on commence tout juste à l'admettre : la boxe féminine a gagné en beauté et en qualité. Elle est jeune – dix ans d'existence seulement –, mais elle a de la technique et de solides atouts. La preuve en est qu'elle va faire une entrée remarquée aux JO de 2012 à Londres. C'est le début d'une très grande histoire.

Lexique

Bourse : rétribution pour un match.

Boxe anglaise : descendante directe du pugilat du XVIIIe siècle, dotée de règles au XIXe siècle par un marquis anglais, c'est « la grande boxe », dite aussi « le noble art ». Elle utilise les poings.

Boxe française, dite « savate » : apparaît au XIXe siècle dans la tradition de l'escrime française, dont elle reprend le vocabulaire et l'esprit.

Boxe pieds-poings : terme générique regroupant les boxes qui utilisent les pieds et les poings : la boxe thaï, la boxe française, le kick-boxing.

Boxe thaï : art martial créé pour les militaires thaïlandais au XIVe siècle. Outre les coups de poing et de pied, sont autorisés les coups de genou et de coude.

Catégories de poids (source FFB) :
Mouche : de 48 kg à 50,802 kg
Coq : de 50,802 kg à 53,525 kg
Super-coq : de 53,525 kg à 55,338 kg
Plume : de 55,338 kg à 57,152 kg
Super-plume : de 57,152 kg à 58,967 kg

Léger : de 58,967 kg à 61,237 kg
Super-léger : de 61,237 kg à 63,503 kg
Mi-moyen (welter) : de 63,503 kg à 66,678 kg
Super-mi-moyen : de 66,678 kg à 69,853 kg
Moyen : de 69,583 kg à 72,574 kg
Super-moyen : de 72,574 kg à 76,205 kg
Mi-lourd : de 76,205 kg à 79,378 kg
Lourd-léger : de 79,378 kg à 90,719 kg
Lourd : au-dessus de 90,719 kg

Fédérations de boxe :
WBA : World Boxing Association.
WIBF : Women's International Boxing Federation.
WBC : World Boxing Council.
UBC : Universal Boxing Council.

Jab : direct du bras avant non appuyé, servant à tenir à distance ou à préparer une attaque.

Kick-boxing : ce style de boxe a été inventé par les Japonais après les JO de 1964. Mélange de boxe française, de boxe thaï et de kyokushinkai (variante du karaté). La plus ludique mais aussi la plus risquée des boxes.

Poire de frappe : poire plus ou moins grosse, fixée au niveau de la tête du boxeur, qui permet de travailler les esquives.

Poire de vitesse : petite poire fixée au-dessus de la tête du boxeur, elle permet de travailler la rapidité.

Shadow boxing : boxe de l'ombre. Le plus souvent, boxe devant le miroir en prenant son reflet pour un adversaire. Permet de s'autocorriger et d'affiner sa technique.

Sparring-partner : partenaire d'entraînement, d'un certain niveau, destiné à faire de l'opposition à un champion en préparation de match.

Table

9514

Composition
FACOMPO

Achevé d'imprimer en Espagne
par LITOGRAFIA ROSÉS
le 13 mars 2011.

Dépôt légal : mars 2011.
EAN 9782290028414

ÉDITIONS J'AI LU
87, quai Panhard-et-Levassor, 75013 Paris

Diffusion France et étranger : Flammarion